禾

夜逃げ若殿 捕物噺4

聖 龍人

時代小説

二見時代小説文庫

目次

妖かし始末

——夜逃げ若殿 捕物噺 4

第一話　雪の千両箱

一

正月の喧騒はあっという間に過ぎていった。

ここ、上野山下《うえのやました》にある骨董、美術品などを扱う片岡屋でも、一応、正月らしき慌ただしさは迎えたが、睦月《むつき》も半ばを過ぎ、店内はなぜか灯が消えたようになっていたのである。

治右衛門《はるえもん》は、いつもの迫力がない。

奉公人たちの噂によれば――。

のほほんとした千太郎《せんたろう》の姿が見えないからだ、ということになる。

「千太郎さんはどこにいるのです」

「逃げたのではありませんか」

「そんなことをする理由がありませんよ」

「確かに……」

「面倒なことに関わることも多かったですからねぇ」

そんな会話を交わしているところに、治右衛門がやってきて、

「なにをばかな話をしているのだ」

「あ……」

「油を売っているくらいなら、町に出て掘り出し物を捜してきなさい！」

怒鳴りつけられて、奉公人たちはそそくさと店の外に出ていった。

帳場に座った治右衛門は、はぁ、と不覚にもため息をつく。

「まったく、いつになったら帰ってくるのか」

千太郎は、若侍の市之丞《いちのじょう》と一緒に、

「しばらく帰らぬかもしれぬ」

そういうと、それ以上の話はせずにさっさと出ていってしまったのだ。

「すぐ帰ってくるから心配はいらぬ」

自分が誰かも覚えていないという、本人の言葉などあまり信用はしていないが、そ

れにしても、あの市之丞という若侍は何者。

千太郎というのは、何者？

あののっぺりとした顔は、店の仕事を続けているうちに、わずかだが顔色も日焼けして逞しく変化していた。

言葉遣いも、最初は高飛車な感じを受けていたが、近頃ではそうでもなくなった。

江戸の町の暮らしに慣れたといっていいだろう。

千太郎が店に出るようになってから、いろんな品物が持ち込まれるようになった。

それは、千太郎が品物の裏を読んで、事件に関わったり、頼まれもせずに事件を解決して、そのお礼にと、名のある品を手にしてくれたおかげでもある。

古い品物を扱ってもらうには上野山下の片岡屋が一番……。

周りから、そんな噂まで飛ぶようになっている。

「しかし……」

また、治右衛門はため息をついた。

まさか、千太郎が稲月《いなづき》、三万五千石の若殿とは知る由もない。

その頃、千太郎は――。

「千太郎君《ぎみ》……」

そばで、平伏しているのは稲月家江戸家老、佐原源兵衛《さはらげんべえ》である。

座敷の床の間には、古そうな大皿が飾られている。

骨董趣味のある若殿だということがわかる。

「なにをそのようにかしこまっておる」

千太郎は、脇息《きょうそく》をそばに引いているが、手をかけているだけである。姿勢はすっきり伸びて、威厳があった。

「そろそろ由布《ゆう》姫様との顔合わせをしていただかねば」

「わかっておる」

田安《たやす》家に関わりのある由布姫との縁談がまとまっていた。

だが、祝言までもう少し気ままに暮らしたい、という勝手な思いから、江戸屋敷を逃げ出したとき、治右衛門との縁ができた。

そこで、骨董好きを力に、居候を続けていたのである。

だが、たまには上屋敷に戻らねばならない。

ましてやいまは、正月、睦月である。

江戸家老の佐原源兵衛は、なんとかこの縁談を早くまとめたいと願っている。田安家との繋がりが強固になることで、稲月家は安泰である。

だからこそ、話には力がこもるのだった。

「いや、わかってはおりません」

「会えばいいのであろう、会えば」

「そのとおりでございます」

五十を前にした源兵衛だが、その目力は人一倍である。

その目に睨まれると、家臣たちはすぐ逃げ出す。

細面《ほそおもて》には似合わないのだが、江戸家老という職をまっとうするにはそのくらいの迫力が必要なのだ。

「新年を迎えたのですから、今年こそは」

「みなまでいうでない」

正月になると、若殿として家臣たちの挨拶を受けねばならない。

そのために、千太郎は江戸上屋敷に戻っていたのである。

「いつお会いになられますか」

「春になってからでよいではないか」

「待てませぬ」

「いまは、まだ寒い」

「おふたりに春が来ればそれでよいのです」

「……爺にしては粋な言葉だな」

千太郎は、苦笑する。

「私もときどき、草双紙《くさぞうし》などを読みまする」

「ほほう……それで覚えたか」

「いいでしょう、では、春の三月あたりにはご面会、ということでお願いいたしましょう」

「…………」

「なんです、その顔は」

「いや、ちと不思議なことがあってな」

「幽霊でも出ましたか」

「草双紙で書かれていることより、不思議なことだぞ」

「はて、それは？」

「いや、言葉にすると消えてしまいそうだから、やめておこう」

「ほう、若殿も粋な言葉を」

「草双紙が趣味でな。お前の顔を見ているとまた事件に巻き込まれそうだ、といいたかったのだが、やめておこう。おう、とうとう、伝えてしまったか」

にやりと笑った。

「若……なにをいいたいのでございます」

「よいよい。今年も春から事件に巻き込まれる、との卦《け》が出ているといいたかっただけだ、気にするな」

その顔は、もうここで話は終わりだと告げていた。

そこに、源兵衛の息子、市之丞が姿を見せる。

「若殿……ごきげんうるわしゅう」

「この前、会ったばかりではないか」

「一応のご挨拶でございます」

「そんなにかしこまることはあるまい」

苦笑いをしながら千太郎は答えた。

「ところで、あの者とは進んでおるのか」

「はて、あの者とは？」

「とぼけるな」

「はて……」

知らぬふりで応じながらも、市之丞はにやついている。

「見ろ、その顔を」

「はて」

「もうよい」

「では、申し上げます」

千太郎が訊いていたのは、志津《しづ》との仲はどうなっておるのか、ということであった。

事件を通して、千太郎と由布姫。

市之丞と志津。

とうとう、この四人は顔を合わすことができたのである。

だが、それぞれ、身分を隠しているというおかしな関わり。それだけに、四人は、お互いの思惑を抱えながら、それぞれの心を開きだしていた。

そして、市之丞と志津は、近頃逢瀬《おうせ》を続けていると千太郎は睨んでいた。

「うまくいっているのなら、それでよい」

「若殿のほうはいかがなのです」

「私か、私はまぁまぁだ」

「まぁまぁとはどのようなまぁまぁなのです」

「どうでもいいであろう」

「よくはありません」

市之丞は、自分たちだけがうまくいくのは、心苦しいと答えた。

「しかし……」

千太郎の顔が曇る。

「わかります……」

市之丞の顔も少し、沈む。

それは、当然のことだった。なにしろ千太郎は、田安家につながる姫との祝言を控えているのだ。

まだ、正式に顔合わせも終わっていなければ、祝言の日取りが決まったわけではない。それを考えると、江戸の町中で、ほかの娘と出会ったとしても、それほど支障はないかもしれない。

稲月藩三万五千石の若殿なのだ。少々羽目《はめ》を外したところで、家老は眉をひそめるかもしれぬが、誰も文句をいう者はいまい。

しかし、千太郎としても祝言を控えて、ほかの娘に惚れたなどという話をできるわけがない。

だが……。

千太郎には、ひとつの仮説が生まれていたのである。

それは、出会った娘は、自分の名前を雪《ゆき》と名乗っていた。しかし、その名前が千太郎にはしっくり感じられないのである。

事件に関わりながら、ときどき、疑問が湧いたことがあった。それは、

「あの娘は由布姫ではないのか」

ということである。

その疑いは、まだ誰にも話はしていない。市之丞にも告げていない。ひとり、胸の内に秘めているのだった。

千太郎には、由布姫である、という確信はない。だが、ほとんど間違いはないと思えることが多いのである。

雪と志津は自分たちのことをはっきりとは教えない。

まず、そこが変である。

どうして身分を明かさぬのか？

それに、小太刀の使い手としても雪は一流であった。それは由布姫も同じと聞いて

いる。

町娘が、そんなに簡単に小太刀を習うことができるだろうか。だが、武家の娘なら疑問は出ない。

それに、ときどき武家言葉が出る。

本人もそれに対して、否定はしていない。つまり、あの娘は武家の出なのである。

「千太郎君……」

「あぁ……」

「なにをお考えになっているんです」

「ふむ……」

「あの雪という娘のことですね」

「市之丞は、志津さんのことだな」

そこで、お互いは笑みを浮かべあうのだった。

二

江戸、上野山下にある、美術、骨董などを扱う、片岡屋。

何日ぶりかに、千太郎は帰っていた。

前触れもなく、ふらりと帰ってきた千太郎に、強面の主人、治右衛門もつい顔がほころぶ。

だが、そんな甘い顔はしない、とばかりに、

「どこへ行っておったのだ」

「さぁ、私は自分のことを忘れてしまっているので、あっちこちを歩いて、なにか思い出せないかと自分探しの旅をしてまいりました」

「……そんなでたらめで私をごまかそうとしても無駄だ」

「はて、でたらめとはこれいかに」

治右衛門が出会った頃は、じつに色白で、あまり外に出たことがないのではないかと感じた。物腰などは、気品があり、高貴な匂いもするのだが、やることなすこと、とんちんかん。

千太郎がいうには、自分を忘れているのだから、普段の生活に対しても同じことだろうと言い訳をしていた。

そう言い募られてしまっては、言い返すだけの理由もなく、そのまま居候をさせたのだが、思いのほかだった。

美術、骨董、刀剣などに関しての知識が優れているのだ。後継者がいないと嘆いていた治右衛門には、これはいい人がきたものだ、と喜んだのである。

さらに、剣術の腕、事件探索の腕は山之宿《やまのしゅく》に住む、岡っ引き、弥市《やいち》親分が舌を巻くほどである。

事件を解決するたびに、珍しい古物を礼とした貰い受けてくるのは、治右衛門は大助かりなのである。

したがって、千太郎が消えていた間は、店の売上は落ち始め、商売は上がったりであった。

しかし、負けず嫌いの治右衛門はそんな大事な話はしない。

「まぁ、帰ってきたのなら、いままで留守にしていた分、しっかり取り戻していただきますからね」

そういって、帳場に戻っていった。

千太郎は、治右衛門がこれを鑑定しておいてくれ、といって置いていった、大皿やら、刀剣などを見て、ため息をつく……。

市之丞の足は、飛ぶようであった。

歩いているのは、浅草奥山《あさくさおくやま》から、花川戸《はなかわど》に向かう道だった。

周りの正月気分は終わっているが、市之丞の心は、正月と春が一緒に来ているようなものであった。

花川戸から、山之宿、さらに上って山谷堀《さんやぼり》に向かい、新鳥越町《とりごえ》に入った。

目指す場所は、待乳山《まっちやま》聖天社である。

歓喜天が祀られていることもあり、若い男女に人気のお堂だ。

正式には、金龍山浅草寺《せんそうじ》の支院で、待乳山本龍院。

推古天皇九年の夏、旱魃のため人々が苦しんでいたとき、十一面観音が大聖尊歓喜天に化身してこの地に姿を現し、人々を救った。

そこで、聖天さまとして祀ったといわれる。

市之丞にはそんな縁起など、どうでもよい。

急いでいるのは、この聖天社で志津と待ち合わせをしているからである。

志津から、会いたいと文がきたのは、三日前のこと。

といっても、自分が稲月家の家臣だと知られるのは困る。

普段は、片岡屋にいる千太郎を通して、連絡を取り合っているのだ。

面倒な話だとは思うが、まさか千太郎が、若さまだとその正体を知られるわけにはいかない。そこで取った、苦肉の策だった。

千太郎は、面倒なことはやめろ、というのだが、では、どうやってお互い繋ぎをつけるか、と考えたら、これが一番いい方法なのである。

市之丞は志津の口からは実家のことを聞かされてはいない。

おそらく、武家で働いているのだろう。お雪という娘は町人だといっているが、おそらくこれはなにかをごまかしていると市之丞も考えている。

だからこそ、志津は自分の実家を教えようとしないのだろう。

だが、いまはそんなことはどうでもよい。

問題は、会いたいと志津のほうから文を送ってくれたという事実だ。

春はまだ遠く、数日前に降った雪の名残《なごり》を踏みしめながら、市之丞は足を速めているのだった。

若い胸にたぎるその熱い思いは、どうにも抑えることができない。

顔を見たら、どんな話をしようか、どんな言葉をかけようか。

千々に乱れる思いは、市之丞の足をさらに速めた。

ようやく、聖天社に登る階段に着いた。

社は、待乳山と称されるだけあって、小高い丘になった場所に建っている。

階段を上る間もせつなく、市之丞は数段、飛ばしながら登って行く。

広場に出ると、正面に本堂があった。

そこからは、江戸を一望にできる。

遠くに見えて、水面が光り輝いているのは不忍池《しのばずのいけ》。

さらに、浅草寺の屋根の瓦が陽の光を反射させている。

江戸の町はきれいだなぁ、とひとりごちながら、市之丞は周囲を見回した。

志津はまだ来ていないのだろうか。

本堂の近くまで寄ったときに、後ろから声をかけられた。

「市之丞さま」

「おう、志津どの」

黄八丈を着た、志津の姿があった。

「志津さん……」

「はい？」

感極まったのか、市之丞はなかなかそれ以降の言葉が出てこない。

「どうしました？　真っ赤な顔をして」

「いや、なんでもありません」

「私が遅れたから、怒っていらっしゃるのですか？」

「ち、ち、違います！　そんなことはない！」

思わず、大きな声が出てしまった。

そんな市之丞の態度に、志津は口に手を当て、おほほと笑った。

「あぁ、いいですねぇ、その顔……」

「なんです？」

「褒めているのです」

「まぁ、おからかいになってはいけません」

「本当のことです」

志津はまたころころと笑った。

「あの雪さまというあなたの主人より、おしとやかですね」

「まぁ……ゆう、いえ、雪さまのことを悪くいっては嫌ですよ」

「あいや、悪くいったのではない、真実を……」

「……市之丞さまは、正直なお方ですね」

「確かに、それしか取り柄《え》はない、と若……いや、千太郎さんによくいわれています」

「そういえば、あの千太郎さんというお方はどういうお人なのです？」

「…………」

市之丞は、返事に困ってしまった。

どこまで教えていいものやら、困り顔をすると、

「なにか秘密があるのですね？」

志津が、悲しそうな顔をする。

それでも、市之丞は答えられない。

「あの方が、ご自分を忘れてしまったというのは、嘘なのですね」

「…………」

「やはり、そうでしたか」

「あ、いや、そうではない。確かに、千太郎さんは自分を忘れているのです」

いってみれば、同じようなことだ、と市之丞は自分に言い聞かせた。

若殿という身分を捨てているわけではない。

ただ、祝言をあげるまで、江戸の町で気ままに暮らしてみたくなっただけである。

それで、夜逃げをするぞ、と屋敷を出たのである。

江戸の町で暮らしているときは、身分を忘れているのも同然だ。

そこまで考えて、市之丞は、ようやく顔を志津に向けた。

「志津さん……」

「はい……」

「私はごまかしは嫌いです」

「わかります」

「ですが、いえないことといえることがあるのです」

それをわかってほしい、と目で訴えた。

志津は、ゆっくりと自分を納得させるように頷いた。

「もう、他人の話はやめましょう」

「それがいい」

「私たちの話をしましょう」

「まったくです」

その正直な態度に、志津はまた微笑みながら、

「じつは……」

と顔を曇らせた。

「いかがしたのです」

市之丞が心配そうに顔をのぞき込んだ。

「困ったことがあるのです」

「なんなりとご相談を……」

「はい、そのためにお呼び立てして、申し訳なく思っております」

「なんの、私は喜んでここに来たのですから」

「それはありがたいお言葉……」

志津はなかなか話しだそうとしない。だが、市之丞はじっと語りだすのを待っていた。やがて、小さな声で、

「助けてほしいのです」

「え……？」

「こんな相談はほかの人にできないので」

「なにがあったのですか？　雪さんと喧嘩でも？」

その単純な思考に、志津はまた笑みを浮かべながら、

「私の実家のことなのです」

「ご実家の？」

「はい、実家というより、親戚の話ですが」

「どんなことでも、志津さんが困っているなら、たとえ火のなか水のなか……」

冗談半分の言葉にも、志津は反応しなかった。

三

志津の話の内容は、次のようなものだった。

父親の弟、亀二郎《かめじろう》が、深川で織物問屋を営んでいる。

商売は、順調にいっていたのだが、それでも近頃、少し景気が悪くなってきた。そこで、少し新しい商売を始めようと、あらたにとなりの土地を購入することに決めた。いろいろ探しているときに知り合ったのが、伊勢屋為右衛門《ためえもん》という男だった。今年、四十歳になった男で、なかなかのやり手に見えた。

親戚筋からは、あの為右衛門という男は如才なさすぎる、そういう男は、信用ならぬから付き合いは、やめておいたほうがいい、といわれたのだが、そういわれるとかえって反発したくなる、といって、話を進めることにした。

そのとき、為右衛門が亀二郎に、どれだけの資金があるのか、と尋ねた。

それによっては、いい場所を紹介できるかもしれない、というのである。その代わり、うまく商談がまとまったら、紹介料を払え、という話だった。

場所を聞いてみると、日本橋本町という一等地。

深川から離れて、江戸の中心地に店を持てるかもしれない、と叔父は喜んだ。

志津の父が弟に資金はあるのか確かめたら、千両箱がうなっているから心配はいらない、と答えたそうだ。

居抜きで手に入れるのではなく、場所を借りるだけでそんなに必要なのか、という意味だったが、

「いろいろ手を入れたりしなければいけない」

というのが、亀二郎の答えだった。

話を聞いていて、市之丞は、それのどこが困ったことなのか、と疑問だった。

「市之丞さま……そこまではよかったのです」

志津は、顔を曇らせた。

亀二郎は、それから為右衛門の紹介で、その家屋を持っているという人と会うことになった。

あちこちに土地を持っていて、貸家もあるという、甚六《じんろく》という男だった。

金が唸っているのか、着ているものはすべて絹。

西陣の羽織に博多献上。

細工を凝らした日光の眠り猫を真似たような根付け。

顔も、栄養が行き届いているような、てかてかした額の男だった。

亀二郎は、それだけで相手を信用してしまったという。

取引に関しては亀二郎がひとりで執りおこなった。

そこまで志津は一気に話して、一息ついた。

「それがなにか問題になったということですか？」

「そうなのです……」

「まさか、金を騙《だま》し取られたのでは」

「……そうなのです」

「なんと」

志津の困り果てた顔を、市之丞はじっと見つめて、

「教えてください。なんとか助けることができるかもしれない……」

志津は、はいと答えて話を続けた。

亀二郎は、最初に保証金が必要だ、といわれたらしい。それは、一年間店が続いたら戻ってくるという。

いわば、約束手形みたいなものだ、といわれたという。

その代わり、毎月の店賃《たなちん》は安くなっているから、ほかのところを借りるよりは、得ではないか、というのだった。

なかには、建物を貸すだけでその売り上げの何割かを払えという大家もいると聞く。それに比べたら。拒否をする理由はない。

「だけど……」

市之丞が首を傾げながら、

「それが、騙《かた》りだった」

「お聞きください」

志津は続ける。

まず、建物をそのままでは使えないので、使いやすく改修しなければいけない。

さらに、人を雇うためには信用のある人間を集めなければいけない。口入れ屋に頼むより、自分で探したいとあちこちに声をかけたので、そのときの接待の費用もばかにはならなかった。

あっという間に金の蓄《つい》えは減っていってしまったが、亀二郎はそれでも余裕があると悠長に構えていたのである。

そんなとき――。

亀二郎は、為右衛門に助言を受けた。

持ち主の甚六さんを一回、招待したらどうかというのだった。

そうやって、懇意にしていることで、今後もいろいろ便宜を図ってくれるのではないか、というのである。

確かにそうだ、と亀二郎は為右衛門ともども、甚六を招待することにした。

風が強い、戸があちこちがたがたと音がするような日だった。

宴が始まったのは、暮れ六つからだった。

贅を凝らした料理を近所の店から取り寄せた。

客間は料理の匂いが充満して、いかにもこれからの船出にふさわしい。

酒も入って、今後の商売がうまくいけばいい、などと楽しい会話が続いていた。

そんなとき、がたがたと音が聞えた。

風のせいだろうと、気にも留めずにいたのだが、突然、怒声が聞こえた。

「なにをしているんです！」

お客さんが来ているのだから、大きな声を出すのはよしなさい、と亀二郎が叫んだ
そのとき、覆面をした男が三人、座敷に飛び込んできた。

「なんです、あなたたちは」

亀二郎は、威厳をもって当たる。

「金を出してもらおうか」

「冗談じゃない」

為右衛門と甚六は、恐怖に顔が真っ白になっている。

覆面姿の三人は、縄を取り出すと、亀二郎をはじめ為右衛門と甚六をもぐるぐる巻きにした。

「さぁ、金はどこにある」

「教えるわけがないでしょう」

「そうか、じゃぁこうだ」

三人のなかでも大柄な男が、匕首《あいくち》を取り出すと、亀二郎に向けた。だが、にやりと頬を歪ませ、匕首を為右衛門に向けると、さぁっと斬りつけた。

「ぎゃ！」

為右衛門の腕から血が流れる。

「さぁ、今度はこの鼻をそいでやろうか」

覆面男は、為右衛門の鼻に匕首を当てる。

為右衛門は恐怖に顔を歪めている。

「ふん、お前がちゃんと真面目に答えねぇから、こんなことになるんだぜ」

「ちょ、ちょっと待ってくれ」

目の前で他人が傷つく姿を見るのは、自分が襲われるよりも辛かった。

亀二郎は、わかった、と肩を落とし、

「金庫は、二階に上がる箱段のなかにあります」

「本当だろうな」

「こんなときに嘘なぞいいません」

「それが全部か」

「…………」

「ほら、みろ。隠し金があるはずだ、それを教えろ」

覆面男は、為右衛門の顔に刃を当ててすぅっと引いた。頬を切られて血が流れだした。

「わかった、わかったから……」

亀二郎は、悲痛な声で、ほかの人を傷つけるのはやめてくれ、と頼み込んで、

「千両箱が、納戸の隠し戸に納められている」

覆面男は、ふんとくぐもった声で応じる。

「これが嘘だったら、今度は、こっちの野郎だぜ」

甚六の耳に刃を立てた。

「嘘ではありません」

亀二郎は、涙声になっていた……。

それから、覆面男は、甚六の顔を見つめて、

「お前、ちょっと一緒にくるんだ」

腕を摑んで引っ張っていった。

「縄をほどいてやるから、お前が納戸から千両箱を取り出せ」

甚六は、情けなさそうに、亀二郎の顔を見つめる。

「怪我をしては大変です……」

亀二郎は、頷いた。

大柄な男が甚六と一緒に納戸に向かった。

残りのふたりは、亀二郎と為右衛門を見張っている。

そこに、新たなる覆面がふたり入ってきた。

「全員、縛ったぜ」

どうやら、使用人たちを縄で動けないようにしてきたらしい。

亀二郎は、涙を流しながら、これで私は破産だ、破産をしてしまう……とぶつぶつ呟き続けていた。

「これで終わりです……」

志津は、悲しそうな目つきで市之丞を見つめる。

「なんと……」

市之丞は、どう答えたらいいのか、言葉を探った。おかしなことをいうと、ますます志津を傷つけるだろう。

「まずは、その覆面男たちが誰なのか、それを探りましょう」

「はい……でも、どうやって」

「宴会のことを知っていたのでは?」

「そういわれてみれば……」

「誰かが手引きしたんですよ」

「でも、誰が……」

「さぁ……それはいまはまだ」

市之丞も暗い顔をするが、なにを思ったか、志津を、境内の崖っぷちに連れて行った。

「この下を見てください」

「はい？」

指さした先には、江戸の町並みが見えている。浅草寺の屋根や五重の塔が光に映えている。

その先には、不忍池に建てられた弁天堂だ。参拝の人たちが、小さく見えているのが、不思議な絵のようでもあった。

「ご心配無用です」

「…………」

市之丞がなにを教えようとしているのか、志津にはよくわからず、男の顔と下界を交互に見交わす。

「これだけ江戸は広い。ですから、必ず亀二郎さんを助ける人が出てくる、千両箱も取り返すことができるでしょう」

にこりと笑った顔は存外、子供っぽく、信頼のおける人だ、という感慨が志津の心に湧いて出る。

「あぁ……あの方ですね」

「志津さんもご存知ですね」

「もちろんです」

由布姫が人知れず心を寄せている、とはいえないのが苦しい。そんなことを告げて、身分を聞かれたら困る。

志津は、内心、忸怩《じくじ》たる思いを持ちながら、

「市之丞さまとはどのようなお関係なのかは、知りませんが、おそらく信頼のおけるお方と思います」

「そうです、そうなのです。関係はしばらく置いておいてください。ときどきおかしな言動を吐きますが、悪い人ではありません。むしろ人がいいほうでしょう。ですから、なんとか頼んでみます」

「それは、ありがたいお話……」

志津の瞳が濡れ始める。

思わず、市之丞は場所柄もわきまえずに、手を取り志津の体を引いた。

「志津さん……」

「あ……このようなところで」

「なに、誰も見ていません」

「…………」

市之丞にとっては至福の時間だった……。

四

「なにをそんなに難しい顔をしているのです」

「市之丞……お前こそなんだ」

「はぁ？」

「頬に紅がついておるぞ」

「な、なんと」

「ばか者、簡単な嘘に引っかかるな」

「くく……」

片岡屋の離れである。

夕刻にはまだ早い八つ（午後二時）下がり。

千太郎は、だらしなく横になって草双紙を紐解いていた。

「なにをお読みなのです」

「里見八犬伝だ」

「なんです、それは」

「知らぬのか」

「知ってますよ。曲亭馬琴《きょくていばきん》でしょう。さっきの敵討ちです」

「……大丈夫か？」

「なにがです？」

「……頭だ」

「月代《さかやき》はきれいに剃っていますが」

「もうよい。で、用事は？」

「じつは……」

そこで、初めて真面目な顔つきになった市之丞を見て、千太郎は、起き上がった。

「どうした。珍しくまともな顔だが」

「大変なんです」

「ご用聞きのような口の利き方だな」

「志津さんを助けてください」

「志津さん？」

「忘れたのですか、雪さんのお供の娘ですよ」

「どうしたというのだ」

「聞いていただけますか」

市之丞は堰《せき》を切ったように話し始めた。

志津には亀二郎という叔父がいて、新しい店を日本橋に出したいと願った。空いている建物を紹介してくれる人物が出てきて、喜んでいたら、宴会をやっているときに、賊に入られ千両箱を根こそぎ持っていかれた……。

じっと話を聞いていた千太郎は、頷きながら、

「その話には、いろいろと謎が含まれておるな」

「そうでしょう、そうなのです」

「お前、本当にわかっておるのか？」

「まったく、だめです」

千太郎は、そばに転がっていた脇息を引いて、

「まぁ、よい。ひとつは、その亀二郎という人の店は、広げるだけの力があるお店だったのか？」

「まぁ、それなりには商売になっていたという話ですが」

「しかし、深川からいきなり、日本橋の本町とは、冒険が過ぎるのではないか。私は商売にはそれほど明るいわけではないが」

「あぁ、いわれてみると確かに」

「誰かが、けしかけたのではないか」

「建物を紹介した為右衛門でしょう。最初はとなりが空いているということで、そこを買って棟を伸ばそうとしていただけですから」

千太郎は、うむ、と頷き、

「さらに、どうして宴会の日時がばれていたか、だ。普段から警戒しているだろう」

「そんなに簡単には、潜り込めるものではありませんね」

「その日のことが漏れていたのだ」

「それは考えられることです」

「確かめてみよう」

その答えに、市之丞は小躍りする。

「志津さんが喜びます」

「で、どこに行けば会えるのだ。その志津さんには」

「はぁ……」

「一緒にお雪さんがいるのであろう?」

突然、それまでの市之丞とは異なり、暗い顔になる。

「どうした」

「それが、わからないのです」

「屋移りでもしたのか」

「いえ……初めから教えてくれません」

千太郎は、呆れた顔をするが、市之丞の落胆ぶりを見ているとそれ以上の言葉は出せない。

「せめて、その亀二郎という叔父の店は知らぬのか……」

「それなら、聞いております」

亀屋堂という深川にある織物問屋を探せばいい、と市之丞は答えた。

「では、そこに行けば亀二郎に会えるのだな」

「かなり意気消沈しているという話でした」

当然だろうなぁ、と千太郎は目を伏せた。

しばらく、そのまま思案をしているふうだったが、ぱっちりと目を開くと、

「市之丞、とにかく深川に行くぞ」

「これからですか」

「善は急げだ」

千太郎と市之丞のふたりは、御成街道を南に下って神田川にぶつかって筋違《すじかい》御門に出た。

それを渡って大川沿いにさらに南に向かう。

永代橋に着いて左に曲がると、深川。

深川は水の町である。

さらにいえば、深川七場所で知られる岡場所が集まっている場所でもある。実際は七ヶ所どころではない、もっとあるらしい。

若い男たちにはそれだけ楽しい町だ。

夕七つ（午後四時）になろうとしている深川の町は、富岡八幡宮《とみがおかはちまんぐう》の一の鳥居から、二の鳥居にかけての夕日が鮮やかであった。

真っ赤な陽の光が鳥居の赤と競い合っている。

千太郎と市之丞は、夕日を背に受けながら富岡八幡方面に向かった。

表通りからちょっと入ると、素行の悪そうな顔つきの男がたむろしていた。

「がらの悪い奴らがいますねぇ」

市之丞が、眉をひそめながら歩く。

「場所が場所だ、仕方あるまい」

「そんなことより、どうしてこっちに入ったんです？」

「自身番に訊くためだ」

「亀屋堂についてですね」

「そこに自身番がある」

合点です、と侍とは思えぬ言葉で返事をして、早足で向かった。

千太郎は、苦笑いをしながら周りを見回す。

たむろしていた連中は、千太郎のどこか偉そうな雰囲気を受け取ったからだろうか、お互い、顔を見合わせた。

そのうちの顔の黒い男と千太郎の目が合った。

千太郎は、にんまりと微笑んで、

「暑いですねぇ」

と話しかけた。

「暑いだって？」

男は、口を大きく開いて、大笑いする。

「お侍さん、まだ冬ですぜ。暑い日なんざありませんや」

「おや、そうであったかなぁ」

のんびりした声に、集まっていた連中はがははと笑った。

皆の馬鹿にした笑いにも千太郎は怯《ひる》まず、そばに寄り、

「このあたりには、大店《おおだな》がいくつもあるんだろうねぇ」

「……なにがいいてぇのか知らねぇが、そらぁ、見たらわかるじゃねぇですか」

「このあたりで、商売がうまくいってる織物問屋はあるかな？」

「織物問屋？　さぁねぇ。あぁ、亀屋堂という店がありますよ」

答えたのは、色黒の男ではなく、しゃがみ込んでいる若い男だった。陽には焼けているが、それ以上に肩から胸にかけての筋肉の盛り上がりがすごい。

「亀屋堂ですか……」

「だけど、最近、ヘタを打ったらしくてねぇ。それに、盗人に入られて、目も当てられなくなったようですぜ」

「なるほど……では、ご主人は困っているでしょう」

「そらぁ、旦那、当然ですよ。だけど、もっと困った顔をしている人がいましてねぇ。

じつは、俺たちはその娘が来るのを待っているんでさぁ」

「娘を待っている？」

「なんでも、亀屋堂の姪っ子に当たる人らしいんですがね」

へっへへ、と下卑た笑いを見せる。

千太郎は、それが志津ではないか、と見当をつけた。

「その娘を待ってどうするのだ？」

いきなり、言葉遣いが強面の武家言葉に変わって、男たちは一瞬怯んだ顔をしながら、

「旦那……そんなおっかねぇ顔しねぇでくだせぇよ。見ているだけでなにか悪さをするようなことはありませんから」

「……それならよい」

五人の集団だった。まだ、全員二十歳前後の者たちだろう。

若い娘が通り過ぎるのを楽しみにしている年代でもあるだろう、と千太郎はそれ以上追及はしなかった。

そこに、市之丞が戻ってきた。

五

亀屋堂の前は閑散としていた。

大きな亀屋堂という立て看板もどこか寂しそうである。

入り口には、茶色の大きな暖簾《のれん》が垂れ下がっているのだが、気のせいか色があせているようにも見える。

賊に入られてから、主人の亀二郎は店を畳もうかと考えたらしい。それを親類縁者たちが手を差し伸べて、なんとか続けていくことができるようになった、という話を市之丞が、自身番にいた町役《ちょうやく》から教えてもらった。

店のなかで、手代が手持ちぶさたにしているのが見えた。

以前は、番頭はひとりだが、手代は四人いた。

それが、いまはふたりになっている。

主人の亀二郎は、帳場に座っているが、客がこないのだから帳簿付けの必要もなく、これまた暇そうにぼんやりしている。

そこに千太郎と市之丞が入ってきたのだから大変である。

「いらっしゃいませ」

「こちらへどうぞ」

ふたりの手代がいっせいに寄ってきた。

千太郎は、困った顔をしていると、市之丞が前に出て、

「いや、客ではないのだ……」

と、すまなそうに頭を下げた。

「なんです……冷やかしならお帰り願います」

「いや、そうではない。こちらに志津さんはお見えだろうか」

志津の名前を聞いて、亀二郎が不愉快そうに体を揺すった。

「あんたたち、姪っ子になんの用だね」

「じつは……」

市之丞が口をもぐもぐしていると、

「叔父さま、どうしたんです?」

目のぱっちりした娘が奥から出てきた。

志津だと気がついた市之丞は、すっとんきょうな声を上げた。黄八丈が目に眩しく映える。

「志津さん！」

「あら、市之丞さま……どうしてこちらへ」

「事件解決のためですよ」

「まぁ……あ……」

市之丞のとなりに千太郎が立っているのを見つけて、

「千太郎さま……まで」

「ほう、私の名前をご存知で」

「姓は、千、名は太郎、というお言葉は忘れません」

わはは、と千太郎は腕を組みながら、

「お雪さんは元気かな？」

「はい、もうじゃじゃ馬ぶりは、いつものごとく」

「それは重畳《ちょうじょう》」

うれしそうに笑ってから、千太郎は亀二郎に視線を送る。

「というわけだから、上がらせてもらうがよいか」

毒気を抜かれたのか、亀二郎は志津と一緒にどうぞ、と奥座敷にふたりを連れて行

った。以前は、贅を凝らした部屋だったのだろうが、

「いまは、美術品もありませんで……残ったのが、この掛け軸ひとつです」

千太郎が、片岡屋で目利きをしているのを知ってか知らずか、そんな台詞《せりふ》を吐いた。

おそらくは、以前はもっとはぶりがよかった、といいたいのだろう、と千太郎は、そうか、と応じただけである。

ところが、千太郎が掛け軸を見て、うなり声を上げた。

「これは、達磨大師《だるまだいし》の描いた絵ではないか」

天竺《てんじく》の国に生まれ、王子であったといわれる達磨大師は禅宗の開祖ともいわれている。その達磨大師が描いた山水画がここにあるとは、夢にも思っていなかった、と千太郎は興奮気味だったが、すぐ元に戻ると、

「ところで、亀二郎」

威厳ある態度に、亀二郎は、思わず平伏した。

「取って食おうというわけではない。心配するな」

亀二郎は、恐る恐る顔を上げる。

「事件があったときの話を詳しく訊こうか」

はい、と答えてそのために訪ねてきたのか、という顔で志津を見つめる。

「はい、私がお願いいたしました」

「そうでしたか」

亀二郎は、得心顔で、話しだした。

内容は、市之丞が志津から聞いた話とほとんど変わりはなかった。

話の途中、千太郎がひとつだけ訊いた。

それは、亀二郎本人が日本橋に進出したかったのか、ということだった。

亀二郎は、もちろん商売人としては、そういう気持ちがないとはいえない、だけど、いますぐとは思ってはいなかった、と答えた。

「日本橋に空き店があると教えたのは……」

「為右衛門さんです」

「その話がなかったら、となりを買っていたと」

「いまのようなことにはなっていなかったでしょうねぇ」

それが、悔しいという顔をする。

「で、ついでに訊くが」

「なんなりと。千両箱の全部とはいいませんが、ひとつくらいは帰ってくるのなら、どんなことでも話します」

千太郎は、うむ、と頷き、一度掛け軸を眺めてから、

「では、甚六というのはどういう男であったかな」

「あまり口が立つほうではなかったような気がします」

「ほう……では、どうやって商談をしたのだ」

「もっぱら、為右衛門さんが先頭になって勧めてくれましたねぇ」

「なるほど……で、その日本橋の空き店を見たのか」

「はい、もちろんでございます」

「では、もう一度、その空き店を訪ねてみよう」

「はて、なぜでございましょう」

「いろいろとな、腑に落ちぬことがあるから、念のためだ」

亀二郎だけではなく、市之丞も志津も千太郎はなにがいいたいのか、という目線を交わしている。

市之丞は、志津がまだ不安げな面持ちでいるのを見て、

「志津さん、心配いりませんよ。この方は自分が何者かを忘れるほど、少々頭がいかれていますが、事件探索に関しては、信頼がおけますから……」

「え、あぁ……はい」

志津はどのような表情をしたらいいのかわからなかったのだろう、なんとも微妙な微笑みを見せた。

「ところで志津さん」

千太郎が顔を向ける。その顔には、どこか悪戯《いたずら》好きの匂いが醸《かも》し出されている。

「はい……なにか」

「雪さんは、大店の娘ということであったな」

「あ、はい……」

「ならば、お願いしたきことがある」

「はい、なんなりと……といいたいところですが、できることとできないことがあるので……」

「なに、大店の娘である雪さんなら簡単なことだと思う」

志津は、指を頬に当てる仕草をした。不安なのだろう。

千太郎は、それほど緊張しなくてもいいぞ、と微笑みながら、

「千両箱をふたつみっつ、用意してもらいたい」

「え？」

「それを見せ金にして、下手人をおびき出すのだ」

「そんなことができますか？」

「私に不可能はないのだ！」

見得を切った千太郎に、志津だけではなく、亀二郎と市之丞も、薄気味悪そうな目で睨んでいる。

そんな目は気にする千太郎ではない。

「では、今日はここまでにして、明日は甚六が持っているという日本橋の空《あ》き店《だな》を見に行こう」

「甚六に会うのですか」

市之丞が、自分も活躍したい、という顔つきをすると、千太郎は、志津と亀二郎ふたりを見比べて、

「甚六の住まいは知っておるのかな」

最後は亀二郎に問いかけた。

「……はぁ、それが」

「どうした？」

「じつは為右衛門さんが一度、一緒に訪ねようという話でしたが、なかなかその機会がありませんでした。あまり無理をいってはいけないと思い、甚六さんの住まいは訪

ねていなかったのです」

「場所は訊いておるのだな」

「大根河岸《だいこんがし》だということでした」

京橋か、と千太郎は呟いてから、

「あのあたりは、野菜の積み荷場がある。ならば、甚六はそっちの関係か？」

「……いま考えてみると、それも知りません」

「のんきなとうさんだな」

「それも嘘だったのでしょうか？」

「行ってみれば判明するであろう。それから、考えてもいいだろう。だがな、市之丞
……」

「やっと私の出番ですか」

張り切る市之丞だが、千太郎が吐いた言葉を聞いて、がっかりする。

「お前にはほかに、やってもらいたいことがある」

「え……。この事件とは関係ないことで？」

「山之宿の親分のところに行って、昔、似たような事件がなかったかどうかそれを聞いてくるのだ」

「それだけでございますか？」

「不服そうな顔をするな、この事件を解決する大事な役目だ」

「帳面繰《く》りがですか」

奉行所には捕物帳が残されている。以前の事件を記してあるのだ。それを探すには、帳面をつぶさに見なければならない。

町方《まちかた》でもその仕事を専門にやる役職がある。それを例繰方《れいくりかた》という。

「それは、弥市親分がやってくれるだろう」

「では、私はなにをやればいいのでしょう」

「だから、一緒に探せばいいではないか」

「しかし、私がそんなところに勝手に入っていいのでしょうか」

その質問に、千太郎は周りには気がつかない程度の目配せをした。その意味を少しだけ考えていた市之丞は、すぐ、

「あぁ、はい、承知つかまつりました」

と、にやにやしながら頭を下げた。

つまりは、最後は、自分の身分を明かせばよい、との謎かけである。

そんなふたりを、亀二郎と志津は、なにが起きているのかまるでわからず、きょと

んとしているだけであった。

「では、志津さん」

「はい、なんでございましょう」

「明日、日本橋の高札場の前で待っていますから」

「あの、私……」

「あぁ、いやいや違います。雪さんに来るように伝えてください」

「え？　あ、あの……ゆ、雪さまですか」

「なにか不都合がありますかな。事件のことは雪さんも知っているのであろう。それなら、私の探索を手伝ってほしいと伝えよ」

命令されて、志津は思わず、はいと応じてしまった。

「あの……」

「不思議に思わずともよい、雪さんは私の誘いなら、必ず来る返事をするはずだからな」

「いえ、そうではなくて……千太郎さまご自身のことでございます」

「ほう、なにかな」

千太郎は、にやにやしながら身を乗り出す。

「あなた様は……どのような身分の方でございましょう」

「それはわからぬ。なにしろ、自分が何者かまったく覚えておらぬゆえなぁ。そのようなことを訊かれても困るのだ。のぉ市之丞」

いきなり声をかけられて、市之丞は、はぁ、まぁ、そのような、などとしどろもどろになってしまった。

千太郎は、ふたたび悪戯っ子のような顔つきをすると、

「ところで、亀二郎。明日は同道せよ」

「私も一緒に、甚六さんのところへ？」

「確かめてもらわねばならぬからな」

「はぁ、それはなにを？」

「明日、来ればわかる」

千太郎は、そこで言葉を切ると、戻るぞと志津となにやら話をしている市之丞を呼んで、先に亀屋堂から出ていった。

六

大根河岸は、京橋近辺にある。

京橋川を利用して、その北詰、西側に野菜売り場が設けられた。寛文《かんぶん》四年（一六六四）のことである。

荷揚げされる野菜は、大根が多かった。冬になると数本にまとめられて束になった大根が、次から次へと船から荷揚げされ、それがまた壮観である。

その付近を千太郎と雪が歩いていた。

賑やかな頃合いなら、周辺は葛西《かさい》方面や千葉から来た船が所狭しと停泊している。だが、いまは午《うま》の下刻。暇な時間帯のようであった。

「千さま……」

由布姫が、半分怒ったような目つきである。

「ほい、なんであるかな？」

千太郎は、そんな目つきに気がついているのかどうか、能天気な返事をする。

「どうして、私を呼びつけたのです」

「呼びつけたとは人聞きの悪い。手助けをお願いしただけではありませんか」

「ただ、それだけですか」

「もちろんですとも」

雪こと、由布姫はふぅとため息をついて、それから、髪に手をやり、象牙《ぞうげ》の笄《こうがい》をいじりながら、

「いきなり千両箱を用意しろという話を聞きました」

「受けてくれてありがたい」

「まだ、用意するとは答えていません。これからなんのために使うのか、それをお聞きします。それで得心がいったら、お貸ししますが、きちんと返していただきますからね。それも、利子を付けて」

「ちょっと待った……利子とはひどい」

「お金を借りたら利子が付くのは、世の習いです」

ははぁ、と千太郎は応じるが、

「一応承っておきましょう」

由布姫もそれ以上押し付けることはしなかった。

それまで、そこにはいないかのごとく無視をされている亀二郎が咳払いをして、自

分の存在を知らしめた。おやいたのか、というような顔で亀二郎がついてくるほうに、ふたりは、視線を動かした。

甚六が貸そうとしていた空き店を確かめるには、亀二郎の目が必要なのだ。それに場所を知っているのは、亀二郎だけである。

ようやく、亀二郎の案内で、借りる予定の空き店の前に立ったが、

「あれ？」

亀二郎だけではなく、千太郎も由布姫も、みなあんぐりと口を開けた。

「空き店ではないではないか」

「もう売れたのかもしれませんね」

由布姫が、これで仕事は終わりになる、という顔をする。

確かめてみよう、と千太郎は店のなかに入っていった。

表から入ってすぐのところで、手代が前に立った。亀二郎は知らぬ顔だった。

空き店にどうして人がいるのか、と真剣に悩んだ顔をする。

千太郎がその手代らしき男に尋ねると……。

とんでもない話を聞かされることになった。

ここは、空き店ではなくて、改装をする約束で七日の間、店が閉まっていた、とい

らしい。

うのである。

どうやら、その間に甚六が自分の手持ちの空き店として亀二郎に見せたということ

さらに、当の甚六の家は大根河岸周辺には見当たらなかったのである。

亀二郎は、呆然として歩く足も動かない。

「これは最初から仕掛けられた大掛かりな騙《かた》りにあったらしい」

千太郎の言葉に、亀二郎は答える気力もなかった。

「雪さん、こういうことだ」

どうして自分が呼ばれたのか、と憤っていた由布姫は、怒りの顔で真っ赤になって
いた。

「わかりました……からくりがあったのですね」

「それも、かなり準備されていたとしか思えぬからくりだ」

「でも、甚六という男は、賊に縛られて連れて行かれたのではありませんか？」

「それは仲間であるということをごまかすためであろうな」

「では、為右衛門という人は？」

「これも、おそらく……」

そういえば、と亀二郎は近頃、為右衛門は自分に迷惑をかけたから、といって、伊勢参りに行って心を落ち着かせてくる、と旅に出た、というのである。

「それは、逃げたのだ」

千太郎の言葉は、また由布姫を驚かせる。

「怪我をさせられたのでしょう？」

「それも、これもすべては、仲間と思わせぬための仕掛けだろう」

亀二郎は、涙も出ぬほどの衝撃を受けていた――。


さらに、市之丞が例繰方から仕入れた話があった。

千太郎にいわれて、亀二郎がはめられたと似たような事件はないか、と調べたところ、五年前、同じような手口で下谷《したや》山下の六左衛門《ろくざえもん》という家具屋が破産させられていた。話はそっくりであった。

新しい店を出す建物を探していると、日本橋の駿河町にいい出物があるという話を持ち込まれた。

その話を紹介してくれた人を宴会に招待しているとき、賊に襲われた。

紹介者は、ふたりいて事件の後、消えてしまった。

「それは、今回とまったく同じではないですか」

市之丞から話を聞いた由布姫は、驚いている。

「よく、そんな事件が前に起きたと覚えていましたね」

「覚えていたわけではないのだよ。あれこれ考えてみて、推量すると、初めて騙りをやった連中だとは思えぬほど、鮮やかな手口だった。それで、前にも同じことをやっているのではないかと思ったまでのこと」

由布姫は、頷きながら、そんな悪党をそのまま野に放っているわけにはいかない、将軍様の沽券《こけん》にも関わる、と怒り心頭である。

「で、千さま……」

「ほい、雪さま、なんだね」

「千両箱をどのように使うのです」

「では、雪ちゃん」

その呼び名に、由布姫は恥じらいを見せて、一緒にいた市之丞と志津は呆れている。

「それに、ふたりもちもちこう寄れ、こうだ……」

千太郎は、策を三人に授けた。

話を聞いているうちに、由布姫の顔が喜色満面となる。

「なんと剛毅な騙りを考えるもので……」

「これこれ、人聞きの悪い言い方は困るぞ」

一同は、満足の笑いを続けるのだった。

七

数日後、亀二郎の店はつぶれた。

それまでの店の形態とはまったく別のものとして、新装開店したのである。

新しい主人が入り、店もまったく変わった。内装もいままでの織物問屋とは異なるが、同じような呉服屋が暖簾を風に翻している。

屋号は、千堂屋と変わり、その主人は……。

「旦那さま……帳簿をみてくださいまし」

なんと、会話を交わしているのは、市之丞と志津である。

用心棒ふうに、店の周りをぶらぶらしているのは、千太郎であった。いつもの絹の着物ではない。木綿の薄茶を着て、袴も仙台平のような高級品ではない。

帳場に座っているのは、由布姫であった。

もちろん、この四人は商売など経験はない。周りを固める番頭や手代などは、治右衛門が集めてくれたのである。もちろん便宜上のことである。

それらの資金は、由布姫が出した。

このような策を考えていたのだから、千太郎は、由布姫に千両箱を用意してくれ、と頼んだのであった。さらに、その千両箱の存在が功を奏するときがくるはずだと、千太郎は意味深な笑みを浮かべている。

この店ができてから、すぐ、主人役の市之丞は、あちこちの空き店を見て回った。

さらに、治右衛門も片棒を担いで、千堂屋はいまどんどん拡張するために、空き店を探している、という噂を行く先々で流していたのである。

すると、亀二郎と同じように、日本橋の室町《むろまち》にいい出物がある、と治右衛門に話を持ち込んだ男がいた。

市之丞が会って話を聞いてみようということになった。

そこまではとんとん拍子に進んだ。

だが、話はちょっとした手違いで、御破算《ごはさん》になってしまったのである。

話がまともだったからだ。

普通なら、商談は進むのだろうが、今回は狙いがはっきりしている。もちろん、例の騙り集団を捕縛することだ。そのために、まともな話をされては困るという、おかしな動きになってしまったのである。

治右衛門は、こんなことでは自分の商売にも差し支える、と怒ったのだが、

「いい美術品が手に入るかもしれぬのに、つまらぬことをいうな」

という千太郎の言葉に、治右衛門もしぶしぶ我慢していた。

そして――。

ある男が、治右衛門に話を持ち込んできた。

それは、日本橋の本町にいい空き店がある、という話である。訊いてみると、どうも、以前、亀二郎が見せられたところとは別口だった。また、本物ならしょうがない、とあまり期待はせずに、市之丞はその、仁八《じんぱち》と名乗った男と会った。

志津は、甚六と仁八……似ているのではないか、と市之丞に告げた。

話は、亀二郎がはめられたときの方法とほとんど同じであった。

まずは、紹介者がいるから、そちらに保証金を出せ、といわれ、家賃は相場より安くする。これなら、最終的には格安になるはずだ……。

そして、紹介者を呼んで挨拶をしましょう、といわれたのである。

「来たな……」

一同は、緊張の糸を張った。

そして、その日が来たのである――。


すでに、二月に入っている。

その日の昼から大雪が降り続いていたせいで、千堂屋の前は雪が積もり、雪かきをしなければいけないほどであった。

さすがに市之丞は店主の役を演じているから、部屋で暖まっているが、外で雪かきをしているのは、千太郎。市之丞としては、自分はのうのうと暖かい部屋にいて、若殿にそんなことをさせるのは、忸怩たるものがある。

だが、千太郎は思いのほか、雪かきを楽しんでいた。

となりには、由布姫が前垂れをかけ、頭に手ぬぐいを被って、一緒になって雪かきをしている。

志津がおやめください、というが千太郎がやっているのに、私が黙って見ているわけにはいかない、とこれも楽しんでいるふうであった。

本来なら上屋敷の堅苦しいなかで生活するふたりだ。このようなことも楽しいのだろう、と市之丞、志津はそれぞれの感慨をもって、ふたりの行動を見つめていた。

やがて、客が着く刻限になった。

由布姫お係の料理屋から取り寄せられた料理が、贅を凝らして並んでいる。

そこに、ふたりの男がやってきた。

ひとりは、店を紹介するといって治右衛門に近づいてきた松太郎《まったろう》という男。そして、仁八。

ふたりは、部屋いっぱいの魚がきれいに盛られた大皿や、和《あ》え物、豆腐、ふわふわ卵、などが並んだ光景に、目を丸くしている。

それだけではない、座敷の端には、千両箱がふたつ並んでいるのだった。

「いやぁ、いろんなところを紹介いたしましたが、これほどの贅を凝らした料理を見るのは、初めてですなぁ」

松太郎が、おためごかしのおべんちゃらをいう。

もっとも、その言葉には嘘はなかっただろう。

そして、仁八も、これで千堂屋さまも一流、大店の仲間入りですなぁ、などと、酒が入って真っ赤な顔で追従《ついしょう》するのだった。

やがて、入り口のほうから、なにやらどんどんと音が聞えてきた。

「なにごとです」

市之丞が、立ち上がると、

「動くな!」

覆面姿の男が、四人ほど押し入ってきた。

縄で、市之丞と由布姫を縛り上げた。千太郎と志津は、どこに隠れているのか姿は見えない。

「用心棒はどこだ」

覆面姿のひとりが叫んだ。

用心棒の存在がばれている。しかし、市之丞も由布姫も知らぬと首を振る。

「では、金はどこに隠している」

市之丞は、そんなことは教えられない、と答えた。すると、男は、匕首を一度、市之丞に向けてから、

「こっちを狙おうか」

松太郎の顔に刃を当てた。

亀二郎が見たら、その覆面姿の男の声は、為右衛門だと看破したことだろう。

「いいでしょう、やってもらいましょうか。私は痛くもかゆくもありません」

その言葉で、びっくりしたのは、賊だけではない、松太郎と仁八が目を見開き、膝

でにじり寄って、

「千堂屋さん、それはいけませんよ、私たちが怪我をする」

「どうぞ、どうぞ、私は大丈夫です」

「なんと！」

松太郎は、とうとう立ち上がってしまった。

「てめぇ！　どうやらこっちの正体を見破っているな！」

泰然自若としている市之丞を見て、疑問に思ったらしい。松太郎は覆面をしている男に向かって、ほかの使用人はどうした、と問う。

「誰もいねぇ。どうやら、こっちがはめられたらしい」

奉公人を縛る役目の男が、座敷に入ってきた。

すぐ、千太郎が、のっそりと陰の部屋から出てきて、いま入ってきた賊のほうに手を上げて、やぁ、と呼びかけた。男は、なんだと？　と答え、

「あっ！　てめぇはいつかの」

深川で、たむろしていた若い男である。

「やはり、ただ娘を待っていただけではなかったらしい」

千太郎が、にやにやする。

「なんだ、てめぇは」

「私か？　じつはなぁ、自分のことを忘れた男でな」

「意味がわからねぇ」

「よいよい、わからずともそれでよい。わかったらかえって困る」

「なんだ、てめぇは。しゃらくせぇ、くらえ！」

松太郎が懐に隠していた匕首を取り出し、千太郎を襲った。

すうっと身を躱《かわ》した千太郎は、刀は抜かずに、ぽんと鳩尾《みぞおち》に当て身をくらわせると、
松太郎はゆっくりとその場に倒れてしまった。

千太郎は、脇差を抜くと、それで市之丞と由布姫の縄を切った。

「さぁ、これで役者がそろった。暴れてよいぞ」

千太郎が後ろに下がって、笑っている。

そこに、志津が薙刀を抱えて座敷に入ってきた。

松太郎と仁八は、じりじりと下がっていく。

そこに亀二郎が姿を見せて、為右衛門の名を呼び、さらに、甚六の名も呼ぶと覆面
姿のふたりの体が硬くなった。

「よくも私を、騙してくれましたね」

覆面は、六人いたはずだが、ひとりだけがどこかに消えている。

千太郎は、しまった、と叫んで外に出た。

と、ひとりの覆面が千両箱を抱えているではないか。

「待て待て、おぬし、早業だのぉ」

どさくさにまぎれて、千両箱を抱えて外に出ていたのだ。

男が覆面を取ると、町人の髷ではない。侍のようだ。

「おぬし、名はなんという」

「……えらそうな用心棒だな。面倒な話などしたくはない。用心棒なら戦え」

「名がないと、斬れぬたちでな」

「そういうときには、自分から名乗るのが礼であろう」

「なるほど、それはいかぬ。姓は千、名は太郎である。人呼んで、目利き屋千太郎と称する」

「目利き屋だと？」

「まぁ、そんなところだ、で、おぬしは」

「松山《まつやま》議十郎《ぎじゅうろう》だ、いざ勝負」

「気の早い御仁だ」

ふたりは、青眼に相対した。

気の早そうな議十郎が先に仕掛ける。ずんと、剣先を伸ばして、そのまま上段から、斬り下げた。

千太郎は、間合いを取ってそれを外し、上段に構えて前進した。

そのまま斬り下げると議十郎は思ったのだろう、突きを入れながら、左に横っ飛びになった。

その瞬間、議十郎の脇がかすかに開いた。その隙を千太郎は見逃さずに、体を寄せて、右に払った。

「う……」

議十郎の脇腹から血が流れ始めていた。

そのそばには、雪に埋もれた真っ黒な千両箱が、笑っているように転がっていた。

八

江戸は日本晴れであった。

千堂屋の主人が替わっていた。

もちろん、亀二郎が戻っているのだ。奉公人も以前の者たちが戻っていた。盗まれた千両箱は、弥市親分が捕縛した松太郎たちの塒《ねぐら》から、取り戻したらしい。少しはへっていたが、それでも、亀二郎にとっては、御《おん》の字であった。

「亀屋堂でなくなってしまい、すまぬ、許せ。戻してもよいのだぞ」

奥座敷で、千太郎を中心に市之丞、由布姫、志津の三人が座っている。

亀二郎は、いえいえと手を振って、このままで十分でございます、と涙を流している。それは志津も同じであった。

礼を言い続ける亀二郎と志津に、千太郎はこの程度なら朝飯前だ、と笑った。

「本当にありがとうございました。あのぉ、あなた様はどのようなお方で……？」

亀二郎は、どうしても得心できないと語る。

「ただの、ご浪人さんではないと思うのですが」

「だからの、ただの書画、骨董、刀剣美術の目利き屋だよ」

「あ……そうでした。お礼にこの掛け軸をお持ちください」

「おう、それはうれしい。強面の男が主人でな。こういうのを持って帰らねば、雷が落ちるのだ」

千太郎の大笑いは、江戸中に聞こえそうであった。

その姿を、由布姫が複雑そうな目で見つめていると、

「では、雪さん」

「はい？」

「雪は少々溶けてしまったかもしれぬが、どうだ、通りからは真っ白な帽子を被った富士山が見える。そのあたりを散策しながら、物見遊山としゃれ込もうではないか。あとは、市之丞が志津さんと楽しむであろうしな」

由布姫が、市之丞と志津を見つめた。

「あれ、そ、そんな……ことは」

志津の顔が真っ赤になる。

「市之丞、もう頬に紅など付けたまま戻るなよ」

「あ、な、なんという……」

あははは、と笑ったのは、今度は千太郎ではなく由布姫であった。

「では、千さま、道行きといきますか」

「おう、雪さま……雪を見にいこうぞ」

ふたりの高笑いが、冬の空に舞い上がっていった。

第二話　逆袈裟侍

一

雪が残っていた。

常夜灯に照らされた通りも、少し路地を入ると、月の明かりだけが頼りになる。

道端には、数日前に降った雪の名残が小さな山を作っていた。雪かきで溜まった分が土に汚れた色を見せている。

ここは、神田、神保小路《じんぼう》からほど近い、鍋町《なべちょう》から路地を入った、下駄新道《げたしんみち》の一角。

この周辺には、その名のとおり、下駄屋が多く並んでいる。だけど、いまはすでに木戸も閉まり、人気《ひとけ》はない。

それでも、遊んで帰ってくる人間はいる。

「おぉ、寒いぜぇ……」

ひとりごちながら、鍋町の店で飲んで帰ってきた飾り職人、三吉《さんきち》はぶるんと体を震わせた。

木戸が閉まっているので、本来なら、番太郎に挨拶をして開けてもらわねばいけない。だが、三吉が住む長屋の木戸は、年中、開いている。

木戸などあってなきに等しかった。

長屋の若い連中のなかには、深夜近くなってからでも、勝手に出入りしている者もいる。

長屋に向かって、路地を歩いているときだった。

「ぎゃ！」

叫び声が聞こえたようだった。

「こんな刻限になんだ？」

三吉は、不審に思って、叫び声が聞こえたほうに、おそるおそる、進んでいった。

そのあたりに、常夜灯は立っていない。月明かりだけを頼りに、なにが起きているのか、のぞこうとした。

　そのとき、三吉の前にのそりと、侍の姿が出てきた。すまねぇ、といって進もうとしたとき、

「見たな」

「はぁ？」

「見たのだな」

「なにをです？」

「……こんな刻限に、なにをしておる」

「へぇ、鍋町で飲んだ帰りでして」

「ひとりか」

「もう、家がそこなので失礼いたします」

　そういって、侍から離れようとした。

　だが、簡単にはいかなかった。

「お前、名はなんという」

「はぁ？　あのぉ」

「名はなんという」

　月明かりの下に、かすかに侍の顔を見ることができた。

額がやたら広い男で、頬にかすかな傷があった。三吉は、それはおそらく刀傷だろうと踏んだ。

さらに、異様なことに、右肩が下がっている。

いつまでもこんな剣呑《けんのん》な侍と話を続ける気持ちはない。それに、さっきの叫びとなにか関わりがありそうだ。

そんな侍にかかずりあっていたらどんなことになるか、わかったものではないと、三吉は、さっさと逃げ出そうとする。

ところが、侍は、先を読んで、通せんぼをした。

「おっと、逃げられては困る」

「てやんでぇ、てめぇの命を大事にしろい」

酔った勢いもあって、つい挑発してしまった。

そんな三吉の態度に、侍はにやりと笑ったようだった。

「威勢だけはいいらしいな」

「俺が帰るのは、そっちだ」

「それがどうした」

「邪魔だから、どいてくれよ」

「見られたからには、そうはいかぬ」

「なにを見たっていうんだい」

「とぼけるのか」

「こんな夜だ、なにも見えねぇよ」

「それならそれでもかまわぬ。いずれにしても、わしの顔を見られたからには、このまま帰ってもらっては困るのだ」

三吉は、逃げ出そうとした。

だが、侍のほうが早かった。

さぁっと体を、三吉に寄せると、鳩尾《みぞおち》に当て身をくらわせた。

三吉は、その場に崩れて落ちた……。


江戸は二月に入っていた。

この月の初めての午《うま》の日は、初午《はつうま》。稲荷神社の祭りだ。

あちこちにある稲荷神社の社域では、境内やら鎮守の森などに五色の幟《のぼり》を立てて奉じる。

子どもたちは、団子目当てに集まる。

神楽《かぐら》が催されるということもあり、稲荷神社の周辺は、人が集まり一大催事として楽しまれる。

そもそも江戸は、伊勢屋稲荷に犬の糞、といわれるくらい、稲荷神社が多く建っていた。それだけに、賑わいはひとしおなのである。

ここ、上野山下にある美術、書画、骨董、刀剣など、古物ならなんでも扱っている片岡屋にも初午はくる。

奉公人は、治右衛門の計らいで、それぞれ間をずらして近所の神社に出かけていた。

千太郎は弥市と一緒に、宝稲荷というありがたい名前の稲荷神社を詣でていた。

境内は、二十人も集まったらぎゅうぎゅう詰めになりそうな程度の広さである。

それでも、子どもを中心として大勢の善男善女が集まっていた。

千太郎は、団子をもらって楽しそうにしている子どもたちを見て、

「あの元気な姿が江戸の将来を担っておるのだなぁ」

楽しそうに、呟いた。

「なるほど、そのように見ますか」

「あの元気な声があれば幕府も安泰だろう」

「へぇ……」

「まぁ、私の勝手な思いかもしれぬが」

「いえいえ、そういわれて見ていると、間違いないような気になってきましたよ。千太郎の旦那もときどき、いいことをいいます」

「ときどきか……」

「いえ、たまには」

「いつもといいえ」

「その気にはなれません」

「…………」

千太郎は、弥市親分を見つめる。

一見、四十歳はいっているように見えるが、じつは、まだ三十七歳である。強面だが、まん丸の目がよく見ると、可愛い。

もっとも、本人はそんなことをいわれても嬉しくないらしい。千太郎が指摘すると、それが癖の口を尖らせて、

「ご用聞きが可愛いなどと……」

嫌そうな顔をすると、千太郎は、

「ほれ、それがまた子どもっぽくていいなぁ」

などと揶揄《やゆ》するのが常だ。
弥市は、山之宿に住まいがあり、浅草、山下界隈を縄張りとしている岡っ引きだ。
最初、千太郎と出会ったときは、じろじろと胡散臭い雰囲気で見つめていたのだが、
その頃がいまでは懐かしい、と千太郎は笑う。
「それはいいっこなしですぜ」
千太郎の、類《たぐい》まれなる探索眼のおかげで、いまではいっぱしの顔になってきている
のだ。足を向けては眠れないだろう。
だが、そんなことは千太郎は、
「親分がいい腕を持っているからだ」
と、自分の手柄を自慢するようなことはしない。
「一番、よいのはな……」
千太郎は、鼻をひくつかせて、
「いい美術品やら、骨董やら、刀剣が手に入ればそれでいいのだ、それ以外には目が
いかぬからなぁ……」
と、まったく欲がない。だいたい、自分がどこの誰なのかも忘れてしまっているという
のだから、弥市としては、不思議な人というより、妖怪のようにも見えるのだ。

団子を貰いながら、子どものように嬉しそうにしている千太郎を見ていると、弥市も楽しくなってくるのだった。

「ところで、千太郎の旦那……」

「なんだ」

「近頃、あの若い侍さんは顔を見せませんが」

「はぁ、市之丞か」

「はい、前回の事件では、一緒に北町に捕物帳を調べに行ったんですけどね。なにか心ここにあらずという風情だったので……」

弥市は、なにかあったのかと心配をしているらしい。

その言葉を聞いて、千太郎は大笑いをする。

「わっはは、心配などいらぬよ。あ奴はある女に懸想《けそう》をしておって、それが成就したから、心が舞い上がっておるのだ」

「ははぁ……あの、志津さんという？」

「私は、雪さんのほうが気になるがな」

ちらりと横目で見た瞳がにやついている。

「今日は、いつもとひと味違う旦那を見ているようです」

「ほう、そうか？」

「はい……」

「で、親分、なにか話がありそうな顔つきだが？」

「徳之助《とくのすけ》を覚えていますかい？」

「あぁ、あの女たらしか」

弥市は、苦笑いをする。

「まぁ、確かに女の生き血を吸っているような男ですけどね。それでも、やさしいから女が寄ってくるんでさぁ」

徳之助は、弥市の密偵なのだった。特に、女の噂話から悪事の匂いを嗅ぎ取る力は、舌を巻くほどだ。

見た目はなよなよしているが、喧嘩も強い。少々、危険な場所でも飛び込むだけの度胸もあるのだった。

「その徳之助がどうしたのだ」

「なにか頼みたいことがある、ということでして、へぇ」

「ほう……」

「まぁ、どうせ女絡みでしょうがね」

丸い目をくるりとさせた。

「ここに来るのかな」

「おっつけ……」

太鼓が鳴っているのは、子どもたちが叩いているのだった。そうやって、初午を祝っている境内は、相変わらず人の流れが多い。こんなときは掏摸《すり》が多いんですよ、と弥市は、目を光らせている。

掏摸だけではない、置き引きのような連中や、なかには、声をかけて、そちらに気を引いておいて、持ち物を引ったくるというような悪事を働く者もいる。

弥市は、そのような連中が勝手にできないように、目を光らせているのだ。

そこに、銀鼠に裏地に紅色の小紋が入った派手な着流しの裾をわざと見せて、男が颯爽と鳥居を潜ってきた。

境内にいる子どもだけでなく、大人たちも不躾《ぶしつけ》な目を送った。それでも、本人はまったく意に介さず、

「やぁ、千さま……」

呼ばれた千太郎は、小首を傾げながら、笑った。

「いきなり、千さまとはなぁ、まぁその呼び方も悪くはないが」

徳之助は、二枚目である。鼻筋も通って、一見、知的な雰囲気もある。それに弥市がいうように、娘たちにはやさしく接する。それだけに、いろんな女が寄ってくることになる。

本人は、江戸のすべての困っている女を救いたいのだ、と嘯《うそぶ》いているのだった。

「で、なにがあったのだ」

千太郎が問う。

「じつは……助けてほしいんですよ」

その言葉に、弥市は不思議な顔をする。

「お前の口から助けてくれという台詞《せりふ》が出てくるとは、お釈迦様でも気がつくめぇ、ってところだが」

「昔の女の話ですがね。お常《つね》っていうんですが……」

半分照れるように、頰をかいた。

「ほう……やさしさを売り物にしている徳之助らしいな」

へっへへ、と薄ら笑いをしながら、徳之助は続けた。

「その女の亭主、三吉が消えたってんですがね」

「……夫婦げんかの話じゃぁねぇのかい」

面倒くさそうに弥市が答えた。

「親分、あっしがそんなことで相談に伺うと思いますかい？」

「まぁ、それはねぇだろうなぁ」

「本気で困っているんでさぁ」

二枚目、徳之助の顔が歪む。

千太郎が、立ち話をするのも大変だ、といって神社の境内から外に向かった。どこかその辺にある茶屋にでも入るつもりらしい。

弥市と徳之助も、後ろをついていく。

千太郎は、歩きながら問う。

「その、三吉というのはどんな仕事をしているのだ」

「へぇ、飾り職人なんですがね。これが結構腕がいいと評判の男らしいです。まぁ、女房の詞《ことば》なんで信用していいかどうかはわかりませんが」

「消えたというのはどういうことだい」

弥市が、横に並んで訊いた。

「へぇ、女房もはっきりわからねぇ、だから困っている、という話で」

「それでは探しようがあるまい」

千太郎は一度足を止めて、あっちに行こうと歩きだしながら訊いた。

「女房のいうには、近頃、博打に手を出し始めていたから、仲間に訊いたらなにかわかるのではないか、まぁ、そんなことをいってます」

「博打か、それは面倒だな」と弥市。

「なぜです?」

「負けた借金を払うことができずに捕まって、監禁されているということも考えられるだろう」

「なるほどのぉ……」

感心したのは、徳之助ではなく、千太郎だった。稲月家の若殿に博打の掟などわからぬのだ。

「それはそうと、あの茶屋に入ろう」

二

初午のせいか、山下の通りは賑やかだった。

まだ花見には早いが、花の香りが、道端から漂っている。なかには、きれいな花を摘んで、それをかんざし代わりにして遊んでいる女の子たちもいた。

花遊びをするのは、女の子が中心だが、男の子たちは、もっぱら貰った団子をほおばっている。

千太郎は、横を走り抜けていった男の子たちの後ろから、

「元気があっていいぞ」

声をかけた。

すると、最後尾の男の子が振り向き、

「おじさんも元気でな！」

生意気な返事を返してきた。

千太郎は、わっははと笑いながら、

「どうだ、これで江戸も安泰だぞ」

さっきと同じような台詞を吐く。

「はぁ、まぁ、それはそうと……」

弥市が、口を尖らせながら、

「徳之助の話はまだ途中ですが」

「せいてはことを仕損じる、というからな。まぁ、ゆっくりそこの茶屋で、甘酒でも

飲んで話そうではないか」

弥市は、どこに茶屋があるのか、と周囲を見回した。千太郎は、すたすた歩いているが、その先にあるのだろうか、と見回すと、表通りから、路地を入ったところに、わらぶきの屋根が見えていた。

看板には、しずか屋と書いてある。

確かに、周囲は静かである。音が聞こえてくるとしたら、荷車を引く馬の鳴き声や、牛の鳴き声だけ。屋敷の前には、樹木が植えられているせいか、そこから鳥の声も聞こえてくるような店だった。

「旦那……いつの間にこんな場所を知ったんです？」

「ん？　いまだ」

「はぁ？」

「こっちに来たら、茶屋の一軒もあるだろうと思ってな」

「本当ですかい？」

「私は、書画、骨董、刀剣の目利きだぞ。嘘などいったら商売にならぬではないか」

「……ちょっとなにをおっしゃっているのか、よくわかりませんが」

「そうか、ならよい」

まったく悪びれずに、路地を入っていく千太郎に、弥市は、はぁ、と大きくため息をつく。

徳之助は、そんなふたりのやり取りを聞きながら、へらへら笑っていた。

「なにがおかしい」

弥市が、突っかかった。

「だって親分、からかわれているのに、本気で話を聞いているから」

「なに？」

「相変わらず、まっすぐでいいですよ、親分は」

「ち……なにをいいやがる」

千太郎の姿は、すでに茶屋のなかに消えていた。

元は百姓家だったのか、なかに入ると、すぐ土間になっていて、竈《かまど》なども残っている。

三和土《たたき》を上がると板の間で、中心に囲炉裏が切られていた。

上からは、自在鉤《じざいかぎ》が下がっていて、普段奥山や、広小路、山下などで見る茶屋とは趣が異なる。

「これは、不思議な店ですねぇ」

徳之助が、にんまりしながら、

「女と来ると、喜ぶなぁ」

「おめぇは、それしかねぇのか」

「だって、親分、その恩恵でいろんな噂から事件の匂いを嗅ぎ取っているんですぜ。女をばかにしちゃぁいけねぇ」

「俺は、おめぇにいってるんだ」

「さいですかい」

徳之助は、弥市の言葉も別に気にも留めていない、という顔をする。

千太郎は、どっかと自在鉤が操れる場所に席を取った。ほかに客はいないらしい。

女中が注文を聞きに来たので、あま酒を頼んだ。

鉄瓶がしゅんしゅんと湯気を吐いているのを、楽しそうに見ている千太郎に、弥市が、早く話を済ませましょう、と催促をする。

「よし、徳之助、話を聞こう」

「ありがてぇ」

両手をすり合わせながら、

「こんな話なんです」

徳之助は、千太郎の右側に座る。

左側に、弥市が腰を下ろした。

女とは、別れた女だったので、三年は会っていなかったという。それがどうして自分を訪ねてきたのか、不思議だった。

話を聞いてみると、旦那が消えたから捜してくれないか、という相談だった。

「それを鵜呑みにしたのかい」

弥市は、あまり乗り気ではない。

「嘘をつくような女ではありません」

「三年も過ぎりゃ人は変わるぜ」

「まぁ、それはそうでしょうが、でも、お常は違います」

と断言するのだった。

千太郎は、三吉なる者はどういう男なのだ、と問う。

「あっしは会ったことがねぇんで、はっきりはしませんが、お常の話では、酒好きなことはあっても、よけいな悪さを働くような度胸はない、といいます」

「となると、自分から逃げ出したということは考えられないと」

「そんなことはしないでしょう」

「夫婦仲はいいのだな」

「お常はそう自慢してました」

「なるほど……」

千太郎は、思案顔をする。

「揉め事に巻き込まれたか……」

「その線が強い気がします」

徳之助は、本当に心配なのだろう、眉をひそめている。弥市は、どうしたらいいんだい、と千太郎を見つめる。

「よし、そのお常という女房に会ってみよう」

「普段なら元気な女なんですがね、いまは、沈んでますから、話を聞いてくれるとなったら、喜びます」

徳之助は、いまからでも行きましょう、という。

「別れて他人の女房になってしまった女に、よくそこまで親身になれるもんだぜ」

弥市が、心底感心しながら、

「じゃ、旦那……行ってみますかい?」

ふむ、と千太郎は頷き、自在鉤を引き寄せて、お湯を茶わんに注ぐと、ふたりの茶わんを出せ、と催促する。

ふたりは、なにをするのか、という顔つきで、千太郎に目をやった。

「出陣の杯だ」

「はぁ?」

弥市と徳之助は、なにをいいだすのか、と、呆れている。

「出陣とはこれいかに」

徳之助が、芝居がかった声を出すと、千太郎は、にやりと微笑んで、

「探索が楽しくなるであろう?」

悪びれているところはまったくなかった。

三吉とお常の住まいは、下駄新道にある。

下駄屋が多いせいか、昼は若い男や娘が歩く姿が見えた。

徳之助は、若い娘だけではなく、どう見てもどこぞの御新造《ごしんぞ》に見える女を見ても、うれしそうに鼻の下を伸ばす。

それだけではない、自分の好みの女が通りすぎると、後ろ姿をつけようとさえするのだった。

そんな徳之助を見た千太郎は、いたく感動したふうを見せる。

「なるほど、そのようして好かれるのであるか」

「えっへへへ、まぁ、おなごに好かれるには、押しの一手と、諦めねぇこと。それに、ずうずうしさでさぁ」

千太郎は珍しくうんうんと聞いている。それを珍しそうに見ていた弥市が、首を傾げた。

「千太郎の旦那……」

「うん？」

「好きな娘でもできましたかね？」

「なに？　まさか、そのようなことがあるはずない。そう、まったくない。第一、私は自分がどこの何者かすら忘れたような男だからなぁ」

「……普段の旦那を見ていると、そんなことはないような気がしますけどねぇ。みんなそういってますよ」

「人には、いろんな裏があるものよ。自分を忘れるには、それだけの理由があるということだ」

豪快に笑う千太郎に、弥市も徳之助も、なんともいえぬ顔をするだけである。

それを見て千太郎は、そんな顔をするな、とまた笑った。

お常の住まいを訪ねると、近所の者が、お常さんは、寝込んでいる、と教えてくれた。

三吉の姿が消えてしまってから、起きても、心ここにあらずで腑抜けのようになっている、とのことだった。

障子戸を開くと、なかから、誰？　と訊く声がする。

「お常さん、私ですよ」

徳之助が、声をかけた。

「あぁ……来てくれたのかい」

「例のお人を連れてきたからね。もう安心だ」

「ありがとう……」

蒲団から起きた顔は、腫れている。おそらく、泣き腫らしていたのだろう。

千太郎は、お常さんだね、と声をかけると、徳之助が、こちらが前に話をした、目利きの先生だ、と紹介した。

「わざわざ、こんな汚いところに来ていただいて、すみません」

と頭を下げる。

「なに、ほかでもない、この徳さんの頼みだ、なんとか力になってあげたいと思ってますよ」

その言葉に、お常は涙を流して、

「ありがとうございます。徳之助さん、すみません」

「そんなことはいいから、その後、三吉さんのことはなにかわかったかい」

「それが、まったくでして……」

「困ったねぇ」

「三吉が、近頃付き合っていたような人はいないのかい？」

「仕事以外、興味があったのは、酒だけですから……」

「誰か、知らない人が尋ねてきたというようなことは？」

お常は、頭を傾《かし》げて、

「覚えはありません」


これでは、居場所を捜すにしても、どこから手を付けたらいいのか、弥市は、千太郎の顔を見つめるしかできない。


そんな弥市の思いを受けて、千太郎は、やさしい声で訊いた。

「お常さん……三吉さんが帰ってこなかったとき、どこに行っていたか知ってるかな」

「鍋町だったと思いますけど」

「ひとりで？」

「あの人は、大勢で飲むより、ひとりで飲むほうが好きでした。ですから、あまり仲間という人はいないのです」

お常は、せっかく来てくれたのに、あまり手がかりになる話ができなくて申し訳ない、という顔をしている。

弥市が、問う。

「鍋町に、行きつけの店は？」

「表通りにある、伊勢、ってところだと思いますねぇ。酒屋で焼き魚や豆腐などを食べさせてくれる店ですよ」

弥市は、千太郎と徳之助を見る。

「そこに行ってどんな様子だったか、訊いてみますかい？」

「…………」

弥市の申し出に、千太郎は首を振りながら、

「それもいいが、親分、その日、鍋町周辺、あるいはこの下駄新道界隈で、なにか事

件は起きていないか調べてくれ」

「へぇ、それに三吉が巻き込まれているかもしれねぇ、ということですね」

「そのとおりだ……三吉の普段の行動から考えて、自分でなにかをしでかしたということは考えにくい」

「確かに……」

弥市と徳之助は、頷いている。

お常が、そういえばと思い出し顔で、

「亭主が帰ってこなかったその日のことですけど、神保小路に斬られた死体があがったそうですよ」

「なんだって？」

このあたりは、弥市の縄張りとは離れているために、知らなかったらしい。

お常は続ける。

「その話を聞いて、すっ飛んでいったんですけど、亭主ではなかったので、安堵したんですけど……」

「死体の身元は？」

「さぁ、そこまでは聞いていません」

徳之助が家を出た。近所の自身番に身元の確認に行ったのだろう。その素早さに密偵としての頼もしさを感じたのか、弥市の顔は満足そうだった。

三

お常の住まいを出ると、すぐ徳之助が寄ってきて、

「死人の身元がわかりました。このあたりとはまるで関係のない輩《やから》です」

「どんな男だい」

弥市が、興味深そうに訊く。

「へぇ、見つけたのは、近所のどこかの御新造だったらしいですが、まぁ、その人は事件とは関係ないでしょう。で、死体は、右肩から袈裟に斬られていたそうです」

「右肩から？」

千太郎が、怪訝な顔をする。

「それがなにか？」

「逆袈裟斬りだな、と思っただけだ。不器用な男にはできぬ」

「へぇ、そんなものですかねぇ」

徳之助は剣術にそれほど明るくない。

千太郎は、話を続けるように促した。

「死んだ男は、今年、二十八歳になる手習いの師匠だそうです」

「ほう、どこでやってるんだい」

「両国の回向院《えこういん》前だそうです」

「そんな場所に住んでいる人がどうして、こんな場所まで来たんですかねぇ？」

弥市は、三吉と関係があるのか、という顔をしている。

「旦那……この事件と三吉の失踪との間に、なにか関わりがあると思っているんですかい？」

「まだわからぬ。いろんな道筋は考えておかねばなぁ」

「まぁ、そうですが」

弥市は、あまり興味がなさそうだ。

「その殺された男のことをもう少し調べてくれぬか」

「はぁ、それはいいですが」

無駄足になりませんか、と弥市はいいたそうだ。

「まぁ、無駄なら無駄でもよい。ひとつ気になることが消えた、ということになるであろう？」

はぁ、と弥市は、口を尖らせながらも、

「徳之助、少し、探ってくれ」

「わかりやした」

徳之助は、また素早く消えていった。

「で、あっしたちはなにをしましょう」

「ふむ……」

千太郎は、鍋町に行こうと答えた。

「三吉が入り浸っていたという酒屋ですね」

「そこでなにか普段とは違うことが起きていたかもしれぬからな」

「なるほど」

お常に教えてもらった三吉が行きつけの店は、鍋町二丁目にあった。

伊勢と暖簾がかかっている酒屋である。店の前に着くと、昼から立ち飲みをしている職人ふうの男たちがたむろしていた。

弥市は、このあたりは縄張り違いだが、といいながら、店の暖簾を潜った。

五十を過ぎたと思える白髪頭の親父が、ひとりで切り盛りしているようだった。

普段、弥市は十手を隠しているが、こんなとき、話を聞くためには、見せたほうが楽に進む。

ちらりと、懐から十手の先を見せて、

「あまり大っぴらにしたくはねぇから、そのまま聞いてくんな」

親父はへぇ、と目で合図をする。

「ここに、飾り職人の三吉という男がいつも来ていただろう」

「あぁ、おかみさんが目ん玉を三角にして、どこに行ったか知らねぇか、と飛び込んできたなぁ」

「おめぇさん、なにか見たり、聞いたりはしていねぇかい?」

「あっしは、店で酒を出しているだけだからねぇ。それに、酒は苦手でね」

欠けた歯を見せて笑う。

「よくそれで酒を売ってるもんだぜ。まぁいいや、で、三吉が来たときに、なにか気がついたことはなかったかい」

「別にねぇなぁ。あぁ、そういえば、その日、普段見ねぇ顔があった」

「どんな?」

「浪人だったと思うがな」

「手習いの師匠ふうじゃなかったかい？」

親父は、つまみに出すのか、烏賊《いか》をあぶりながら、

「侍の格好していたよ。あれは、そんな人になにかを教えるような顔はしていなかったぜ」

そこまで聞いていた千太郎が、親父さん、と声をかけた。

「えぇ、なんでしょう」

親父は答えたが、自分の店に来るような浪人たちとは風格の異なる雰囲気を持つ人物に、どう対処したらいいのか、迷っているらしい。

千太郎は、そんな思惑には無頓着だ。

「三吉が仲の良かった客はいるかな」

「はぁ……たまにここで会って、話をするような客はいますが、仲がいい、というほどではねぇと思いますがねぇ」

「ということは、三吉は、親しい友はいなかったということか」

「友、ですかい？」

親父は、普段聞きなれぬ言葉だ、という顔をしながら、おそらくは、いなかっただろうと答えた。

「三吉は、誰かとつるんで行動するような男ではありませんからねぇ」

親父は、あぶりおわった烏賊を、千太郎と弥市に手渡した。

「まぁ、いっぱいどうぞ」

貧乏徳利を持ってきて、茶わんに酒を注いだ。

弥市は、驚いて千太郎を見た。

「いや、これはうれしい」

悪びれずに、千太郎は茶わん酒を飲み干し、烏賊を口に入れた。

「これは、うまい」

どこまで本気なのかわからぬ顔つきであるが、弥市がじっと見ていると、本気でおいしいと思っているらしい。

弥市にいわせると、こんなものはどこの店でも出てくる珍しいものではない。それをこれほど、うまいうまい、といいながら食べるとは……やはりどこか歯車の外れたところがあるのかもしれない、と心で笑うばかりだ。

千太郎は、烏賊を頰張りながら、

「その浪人はどんなだった？　顔の特徴なりなんなり」

「さぁねえ。そんなにはっきり見てはいませんからねぇ」

客の応対で忙しい、と答えながらも、

「頬に傷があり、右肩が少し下がっている気がしたけど、どうだか」

千太郎は、それだけでも十分だ、と親父をおだてる。それがうれしかったのか、親父は、もっと飲むか、というふうに貧乏徳利を手にしたが、千太郎はさすがにもういい、と手を振った。

弥市は、その浪人がやってきた刻限を訊いた。

「三吉が来てすぐだったと思うなぁ。あれは五つ（午後八時）くらいだろう」

「浪人が帰ったのは何刻だったたい」

「浪人は、ちょいとひっかけるという程度だったから、三吉が帰る少し前には出ていったよ」

千太郎は、腕組みをしながら、そうかそうか、という顔つきだ。

「となると、ふたりは外で出会っていてもおかしくはないいな」

「そんなことがありますかね」

「まだ憶測の域を出ぬが……」

「そこで出会っていたとしたら……」

「浪人にはなにか目的があった。その目的を、三吉が邪魔をした、あるいはまずい場面を見てしまった……」

「いろいろ考えられますが」

千太郎は、思案顔である。

「まぁ、わからぬことをここで考えていても仕方あるまいな」

「では、これからどうします?」

「浪人を探そう」

「でも、住まいなどは不明です」

「そうであったな、では、三吉の仲間がなにか知っておるやもしれぬ。探し出して訊いてみよう」

へい、と弥市は答えると、親父がそれなら、すぐとなりに、平太《へいた》という大工がいるから行けばいい、と教えてくれた。

「それはよかった」

弥市は、千太郎を見つめて、

「すぐ訪ねますか?」

「よし」

千太郎は、まだあぶった烏賊を眼で追いながら、名残惜しそうに立ち上がり、伊勢から外に出た。

昼過ぎの強い日差しがふたりを襲った。

千太郎は、手笠をつくってまぶしさを避けながら、すぐとなりの木戸の前に立ち、

「この長屋だな」

木戸の門にべたべた貼りつけられている千社札のような名札を探す。

そのなかに、大工、平太と書かれた一枚があった。

「これだな」

ひとりごちて、千太郎は木戸を通りすぎていく。まだ本格的な春には遠いのに、長屋の障子戸は開きっぱなしのところが多かった。

「この長屋は、みな暑がりらしい」

そんなことをいいながら、千太郎は右の一番奥にある家まで進んだ。

「いたらいいですが」

弥市が、呟きながら、戸をどんどんと叩いて平太の名を呼んだが、出てこない。代わりに、となりのおかみさんが出てきて、

「平太さんならさっき出かけたよ」

「おや、そうですかい、どこに行きなすったかわかりますかねぇ？」

弥市は、腰を低くする。そうしないと、岡っ引きと見ると、引っ込んでしまう者たちがけっこういるのだ。

「おそらく、賭場《とば》でしょう」

「こんな刻限にかい？」

まだ、羊の刻（午後二時）になったばかりである。

「さぁねぇ、そういう場所を見つけたんじゃありませんか？　近頃は、博打なんざやらない友だちを、誘ってましたよ」

「その友だちの名前を知らねぇかい？」

「一緒に飲んで、騒いでいるところを何度も見てますからねぇ。三吉という名前の人でした」

問いはないかという目つきである。

千太郎は、ふむと腕を組んで、

「三吉さんに近頃、変わったことは見られなかったかな？」

高級そうな衣服を着た侍がいて、女は驚いたらしい。

「なんだい、そんなところに隠れていちゃぁ見えないよ。あぁ、驚いた」

「これは、あいすまぬ」

ていねいにお辞儀をした千太郎に、おかみは、首筋をかきながら、

「そういえば、三吉さんのおかみさんにはないしょだけど、平太さんからおかしな話を聞いたことはあるけどねぇ」

「ほう」

「三吉さんに、女ができたかもしれねぇ、と、そんなことを聞いたことがありますよ」

「それは、真《まこと》のことか？」

「そこまで私は知りません。平太さんの言葉を伝えただけですよ」

腕を組んだまま、千太郎は思案を続けていたが、

「親分、三吉のおかみさんにもう一度あって、いまの話をぶつけてみよう」

「いいんですかい？」

「なにが」

「あのお常はけっこう焼き餅焼きらしいですからね、そんな話をしたら水でもぶっかけられるかもしれねぇ」

「私は、二枚目だからそれはかまわぬ」

水も滴《したた》るいい男、といいたいらしい。

弥市は、眼を見開きながら笑ったが、となりの女は、感心している。

「どうしたその顔は」

問われて女は、いやぁ、とか、なにねぇ、とか意味不明な言葉を発しながら、へへへ、と下卑た笑いをすると、

「お侍さんは、役者といってもいいよ」

「ほう、それはうれしいのぉ」

「あははは、役者さんてのは、素顔はぼんやりして見えないかい?」

眼は弥市に向いている。

「なに? それはつまり私は、ぼんやりしているから、という意味であったか」

その言葉に女はますます高笑いをした。

それが合図になったように、千太郎は、これ以上いるとどんなことをいわれてしまうかわからぬからな、といって、

「では、退散するとしよう」

弥市を促して、長屋から出た。

四

ふたたび、お常を尋ねた千太郎と弥市。

なにかいい報告に来たのか、と一瞬喜んだお常だったが、弥市が直截《ちょくせつ》に、

「三吉に女はいなかったか」

と訊いたから、怒り狂った。

「そんな女、いるわけがないでしょう。いたら、気がついていますよ！」

かなりの剣幕で怒鳴りちらし始めた。

あまりにも激しいので、弥市は、謝ってしまったが、千太郎が一歩前に出ると、お常はその威厳に及び腰になる。

「本当のことをいってほしい」

千太郎は、静かに告げた。

「…………」

お常は、それまでとは異なり、急に意気消沈してしまった。弥市は驚いて、お常の顔を覗き込むような仕草をする。

「お常さん……」

千太郎は、ふたたび静かに名を呼んだ。

「正直に話してくれないと、三吉は戻ってこれないかもしれぬのだ。知っていることがあったら教えてほしい」

「…………」

お常は、うなだれている。

「あっしの訊き方が悪かったかもしれねぇ。どうだろう、謝るから話してくれねぇかい。悪いようにはしねえつもりだ」

弥市が、その顔には似合わぬ声を出した。

「すみません……突然、訊かれたのでつい興奮してしまいました……」

「なに、誰でもあんな訊かれた方をしたら、同じ反応をするだろうよ」

「はい……じつは……女ができたのではないか、という噂は聞こえてきていたのです」

「ほう……」

「そんなことは、あるはずがない、と心のなかで笑っていたのですが、あるとき、ふと心配になって、三吉をつけていったことがありました。出かけたのは、そろそろ木戸が締まろうという四つ（午後十時）に近い頃合いでした」

　千太郎と弥市は次の言葉を待つ。

「そんな刻限に出かけることなど、それまではなかったので、半分は信じて、半分は疑ってしまいました……」

　弥市は、なにかいおうとして、やめた。よけいなことを喋って、またお常の気持ちを高ぶらせてはいけない。

　お常は大きくため息をつくと、

「その日、いつもの伊勢を通り越していきます。これは、本当に女がいるのか、と疑いました。それでつけていくと、小さなお寺に入っていったのです」

「寺へですかい？」

「はい、翌日確かめると、明善寺という名前のお寺さんでした」

「場所はどこです？」

「神保小路の錦坂です」

「はぁ、あんなところにそんな寺が」

「ちょっと奥まったところにあります」

「すると、賭場だな……」

弥市は、岡っ引きの勘を働かせる。

「はい……」

「女のところに行っているのではなかったということか。それはそれでよかったではないか」

「そうなのですが、どうして博打などに手を出し始めたのか、今度はそっちが気になり始めたのです」

「なるほど……」

「なにかきっかけがなければ博打などには手を出すような人ではありません」

博打はご法度《はっと》である。ご用聞きを前にして、お常は、必死に三吉をかばっているように見える。

その気持ちが伝わってくるので、弥市もあまり堅苦しい話はしない。

ところが、そこまで喋って、お常は突然、泣き始めた。

「すみません……賭場にいたのは本当なのですが、まだその先に話があるのです。そこから女と出てきました」

千太郎と弥市は、言葉を飲み込んだ。

ひとつため息をついてお常は語りを続けた。

「調べたら、山下の茶屋で働いている女でした。店の名前は京屋、女の名前は、お滝《たき》というようです……」

「それは……」

千太郎は、同情の目つきをしているが、お常は、そんな目をしなくてもいい、という顔つきで、千太郎を見つめる。

「いいのです、最初から話をしておけばよかったのです。私のつまらない意地がそれを妨げていました」

「なに、それが普通であろうよ」

「…………」

お常は、うつむいている。

千太郎は、よしわかった、そのお滝という女を洗ってみよう、と弥市に告げて、お常の気持ちを和らげようとする。

「おねがいいたします……あの女のところに居続けしているとしたら、それなら、私は諦めます……」

「まだ、そうと決まったわけではない」

「はい……でも、期待をすると裏切られます」

「そんな悲しいことをいうてはならぬ」

「…………」

威厳のある千太郎の態度に、お常は怪訝な目つきをするが、すぐ、はい、と素直に頷いた。

上野山下には、片岡屋がある。

それだけに、千太郎としても土地勘があった。

山下は、広小路に比べると、その賑やかさは落ちるとしても、表通りには大勢の人が歩いている。若い男の子たちが剣術の稽古着をかついで歩いている姿を、千太郎は微笑ましそうに眺めながら、

「わたしにもあのような頃があったのだなぁ」

弥市は、その言葉をしんみりとしながら聞いている。

「まだ、ご自分がどこの誰なのか、思い出せぬので？」

「……そういうことだな」

言葉に力はない。

弥市は、おそらく思い出したくないのだろう、と斟酌《しんしゃく》しながら、

「まぁ、そのうち思い出せる日が来ますよ」

「弥市親分はやさしいな」

「そんなことはありませんがね」

照れながら、弥市は答えた。

そんな会話を交わしているうちに、京屋という茶屋が見えてきた。

葦簀《よしず》張りで構えはそれほど大きくはない。客も、四、五人入ったらそれだけで満員になるだろう。

「これでもうかるのかな」

千太郎が首を捻ると、

「なに、いっぱいのときは、外に長床几《しょうぎ》を出してそれに座らせればいいんでさぁ」

「いまは、寒いであろうに」

「目当ての女がいたら、その程度は気にならねぇんですよ」

「さすが江戸っ子であるなぁ」

やたら感心する千太郎に、弥市は苦笑いをしながら、

「あれが、お滝でしょう」

女はふたりいた。弥市は一方の女を指さした。

「なるほど、美形であるな」

お滝と思われる女は、三人座っている客と楽しそうに話をしているが、もうひとりのほうは、もっぱら運びをやっているようであった。

千太郎は、物おじをしない。

すたすたと、茶屋のなかに入り込んで、

「おぬしが、お滝さんかな？」

「…………」

突然、偉そうに尋ねられた女は、ぽかんとしている。

「あぁ、わるかった、わたしはほら、ちょっとまっすぐ行ったところにある、片岡屋で目利きをしている者だ」

それを聞いて、お滝は、あぁ、と笑みを浮かべた。

「片岡屋さんには、風変わりな目利きさんが居ると聞いていましたが……」

あなた様でしたか、といいたそうな目をする。

「どのような評判かは知らぬが、それは私だ」

「これはこれは、ご贔屓《ひいき》に」

お滝は、ていねいに腰を曲げてお辞儀をする。

先に来ていた客たちも、千太郎の物腰を見て、お滝を独り占めしている不満の言葉を吐きたいのを控えているようである。

「ところで、ちと訊きたいことがあるのだが」

「……いまは、お仕事中なのです。そうですね、あと四半刻（三〇分）もしたら、体が空きますから、それから、ということでよろしいですか？」

返答は、如才ない。

千太郎の心には、ただの飾り職人が、これだけの女と深い仲になれるものだろうか、と少し疑問が生まれている。

それは弥市も同じだったらしい。

「旦那……」

横から、小さな声で話しかけてきた。

「わかっておる」

うまい言葉に騙されるな、という顔つきだ。

「承知いたした。では、どこで待っておればよいかな」

お滝は、小首を傾げて思案していたが、

「では、そこの路地を曲がったところに、屋台が出ています。そこでいかがですか」

「承知した」

千太郎は、弥市を促して外に出たが、

「あの女をつけろ」

「え？」

「そわそわしていたのが、気に入らぬ。おそらくは、その屋台には来ぬつもりだ」

「そうなので？」

「間違いない」

千太郎の目に力が入っている。弥市は、これは間違いないだろう、と頷き、

「合点です。で、動きだしたらどうしましょう」

「とにかく、どこに行ったか、それを教えてくれたらいい。気づかれるなよ。屋台で待っている」

へぇ、と答えて弥市は、物陰に隠れた。

五

千太郎が、屋台に向かった。

その後ろ姿を見ながら、弥市はお滝の動きを見張っていると、千太郎が看破したとおり、お滝はすぐ奥に引っ込むと、前垂れをはずして、出てきた。

四半刻後、と自分で決めていたのに、もう外に出ようとしている。

これは、おかしい、と弥市は十手に手をかけた。そうすると、勇気が湧いてくるような気になれる。

客たちに声をかけながら、お滝は小走りに表通りに出た。弥市は、すかさず後を追いかける。

お滝は、周囲を見回すこともなく、冬の光を浴びながら、駆け足でどこかに向かっている。

途中、顔見知りらしき男たちから声をかけられるが、振り返りもしない。それだけ急いでいるということだろう。

なにをそんなに急ぐのか……。

弥市は、振り切られないように続く。

山下の通りから、広小路に出ると、不忍池に出て、池之端へ。右手に弁天堂が見えている。人が集まっているのは、どうやら喧嘩が起きているようだ。

このあたりは、縄張り内だ。普段なら喧嘩の仲裁に走っていくのだが、いまは、そんなことに関わっているわけにはいかない。

唇を嚙んで、喧嘩は見なかったことにして、お滝の後を追いかけた。

長屋の木戸の前に立ち、お滝はようやく後ろを振り返った。誰かに見られていないかどうか、確かめたらしい。

とっさに弥市は、背中を向けた。

お滝は、その木戸を潜った。

弥市は、竹馬で遊んでいる子どもに声をかけ、長屋の名前を聞くと、甲右衛門《こうえもん》長屋だと答えた。

ありがとよと応じて、弥市はさらに問う。

「さっき、この長屋に入っていった女の人を知ってるかい？」

十歳くらいだろうか、目が吊り上がった生意気そうな女の子が答えたのは、お滝さんで、浪人の真山《まやま》さんのところに来たのだろう、ということだった。

頻繁に訪ねてきている、と答えた。

真山という侍のことを聞こうと、少し先に見える自身番に向かった。

戸を開くと、これは山之宿の親分さんと町役《ちょうやく》が顔を上げた。

甲右衛門長屋に住む、真山という浪人はどういう男か尋ねると、最近引っ越してきたばかりで、あまりよく知らない、と答えた。

「特徴といえば、右肩がなんだか下がっていましてねぇ。体が傾いて見えるというところですかねぇ」

決まった仕事を持っているふうではなく、いつもふらふらしている、という話である。

「それほど、行状が悪いというわけではありませんがねぇ、真山さんがどうかしたんですかい」

「いや、いいんだ、ありがとよ」

弥市は、自身番から出た。

真山という浪人に当たってみようか、思案したが、妙案は浮かばない。まずは、千太郎に伝えることに決めた。

屋台では、千太郎が酒に酔ったのか、真っ赤な顔をしていた。どういうわけか、屋台の親父もろれつが回っていない。

戻ってきた弥市が床几に座ると、千太郎は、にやりと笑い、てんぷらを串刺しにしながら、

「この親父は、話が面白うてなぁ」

つい飲み始めたら、止まらなくなった、というのだ。

「それは、ようございました」

屋台の親父は、ごま塩の髭を伸ばしてどこか汚らしいが、小さくて丸い目にはどこか愛嬌があった。

「で、どうであった？」

「へぇ……」

弥市は、お滝が甲右衛門長屋に住む真山某という浪人の家を訪ねていったと答えた。

「その浪人はなにをしているのだ」

「ぶらぶらしているだけだそうです」

「よし、そいつのところに行こう」

「いまからですかい？」

「善は急げだ」

「なにか思案でもあるんですかい？」

「それは、会ってから決める」

行き当たりばったりな答えをする千太郎だが、弥市は慣れている。屋台の親父に世話になったな、と手を上げた。

そのますますたすたと歩きだしたので、親父が勘定！　っと叫んだ。それでも千太郎はふらふらと歩き続ける。

仕方がなく、弥市がいくらだ、と訊くしかなかった。

先に行く千太郎に追いついた弥市は、支払いのことをいいだそうとした瞬間、

「ごちそうになってすまぬ」

いきなり千太郎が頭を下げた。

「はぁ……」

「また、手柄をあげさせるから、待っておれ」

とうとうごまかされてしまった。

弥市は、口を尖らせながら、ため息をつくしかない。

ところで、と千太郎はまじめな顔に戻って、

「真山というのはどんな男なのだ」

「へぇ、それなんですが、どうも右肩が極端に下がった男らしいです。どこかで聞いた話じゃありませんかい？」

「三吉が伊勢で飲んでいたときにいた男、ということか」

「そう考えてもいいのではねぇかと」

「面白くなってきたな」

「その真山っていう浪人が、三吉の後をつけたのは間違いねぇ話ですかねぇ。それだとけっこう剣呑な話になりますぜ」

「しかし、死んだ手習いの師匠というのは、どういう男だったのか、それを知らねばならんな。徳之助からはまだ連絡はないのか」

「あっしはこれから、徳之助の話を聞いてきましょうか」

「いや、それには及ばぬ」


ふたりは、不忍池に沿って池之端に向かった。

弁天堂にお参りをした帰り道のように見える娘たちが、櫛を売る十三屋という店の前にたむろしていた。

そんな姿を横目で見ながら、千太郎と弥市は、甲右衛門長屋に向かっていった。

竹馬に乗って遊んでいた子どもたちは、今度は、隠れんぼをしているようだった。

千太郎は鬼になっている子どもに、元気でよろしい、と声をかけ怪訝な目で見つめられたりしながら、真山さんの家はどこか訊いてから、どぶ板を踏んで、長屋のなかに入っていった。

真山某は、右から三番目らしい。

千太郎は、戸の前に立つと、なかから聞こえてくる声に耳を澄ました。

かすかだが、話している内容も聞こえる。

「ご用聞きに見つかったら危険だよ。早くここからも移ったほうがいいのではありませんかい？」

お滝の声だった。

「気にすることはあるまい。私がなにをしているか、その岡っ引きが気がついているとは思えぬからな」

「そのうち気がつくのでは？」

「……あの飾り職人はどうしておる」

「軟禁したままですよ」

「どうしようか考えていたが、仕方あるまい」

「殺すんですかい？」

「そうはしたくなかったがな」

「では、どうするつもりだったのです？　いつまでもあんなところに隠しておくわけにはいかないと思いますが？」

「なに、ちょいと脅したら口をつぐむだろう、と踏んだのだがな」

そこで間が空いた。

土間に降りた音がしたと思ったら、ガラリと障子戸が開いた。

「おっと、これは失礼いたした」

千太郎は、悪びれずに、頭を下げる。

出てきた男は、右肩が極端に下がっていた。

「真山氏《うじ》でござるか」

「人の話を盗み聞きするとは、不届き千万」

「いや、まったく聞いてはおらぬから心配はいらんぞ」

「そんなことより、おぬしは何者だ。こんな長屋に来るような格好はしておらぬが」

浪人は、木綿の着古した銀鼠だが、露草色の小袖に、白の千鳥格子。派手な赤鞘の刀を差して、黒の羽織。

気品ある雰囲気に包まれた千太郎を見て、真山某は、下がった右肩をとんとんと叩く。

「おぬし、逆袈裟は得意かな？」

「なんだって？」

真山の顔色が変わった。

「おっと、いきなりそんな剣呑な顔をしたらいかぬなぁ」

座敷では、お滝が不安そうな顔つきでこちらを見ている。

さっき、茶屋に来ていた客だと気がついているのだが、声をかけるわけにはいかないのだろう、立ち上がったまま、動けずにいた。

千太郎は、お滝に向かって、

「やぁ、先ほどは、すっかり待ちぼうけをくってしまったぞ。そのおかげで、うまいてんぷらと酒にありつけたがな」

笑いながら、叫んだ。

六

真山は、名を加八郎《かはちろう》といった。

それを聞いてから、千太郎は、あっさりとその場を引き下がった。

弥市はもっと追求したほうがよかったのではないかと食い下がった。

「相手の出方を待つ」

と、千太郎は笑うだけだった。

もっとあの家を見張るというのだ。

盗み聞きをした内容だと、三吉はどこかに軟禁されているようだ。自分たちが訪ねたことで、必ず三吉のいる場所に行くはずだというのだった。

移動をさせられてしまう前に助けねばならない。

「合点しやした」

千太郎は、長屋から離れると見せて、路地の門に積んであった天水桶の陰に隠れて、真山加八郎とお滝の動きを見張った。

ふたりが家から出てきたのは、それから四半刻後のことだった。

「来ました……」

弥市の顔に緊張が走った。

「そんなに入れ込むな」

千太郎は、落ち着いている。どこに連れて行かれるのか、わかっているような言葉だ。

「行き先を知っているんですかい」

「まさか」

真山が先に歩き、お滝が続く。

ふたりは、東叡山寛永寺《かんえいじ》の麓から、ひぐらしの里のほうへと向かって、歩いていた。

さらに行くと、道灌山《どうかんやま》だが、途中で左に曲がった。

その周辺には小さなお寺が集まっている。

そのなかの、新栄寺という名が門に書かれている寺のなかに入っていった。築地塀《ついじべい》は崩れ落ちたところなどもあり、かなりの荒れ寺だった。

「寺です」

町方には手を出すことができない。

だが、千太郎は気にするな、と門を潜った。弥市は一度は逡巡したが、意を決して千太郎に続いた。

そこに待っていたのは、真山加八郎であった。渋い顔で境内に立っていたのである。

「おぬしは、まぬけか」

「たまには、そうなるかもしれぬ」

「後をつけてくるのはみえみえではないか」

「そうであったか」

驚きもせずに、千太郎は答えている。

弥市としても、こういうことが起きそうな予感はしていたので、慌ててはいない。

「ここに、三吉はおらぬか」

千太郎の問いに、加八郎はふんと頬を歪めて、答えた。

「いる場所に連れてくるわけがなかろう」

「なるほど」

「おぬしと戦いたくなってなぁ……」

そういいながら、加八郎は鯉口《こいぐち》を切った。

「私は、あまり戦いは好きではないのだが」

「わしは、強い相手が好みなのだ」

勝負しろ、と加八郎は刀を抜く。

「どうして三吉を連れて行ったのだ」

「ふん、気がついているのではないのか」

「やはり、あの手習いの師匠殺しはおぬしだったということか。三吉に現場を見られたのだな」

「すぐ殺しておけばよかったなぁ」

加八郎は、失敗したという顔つきだ。

「お前のようなおっちょこちょいが出てくるとは思っていなかったよ。よけいなことに手を出すと怪我をすると知らぬらしい」

「いや、私は強いから心配はいらぬ」

「……とぼけた侍だ。おぬし何者」

「私は……なに、ただの目利き侍だ」

そんなのらりくらりとした千太郎の態度に、業を煮やした加八郎は、青眼の構えから上段に移行した。

「なるほど、威圧感はある」

千太郎も抜いて、右下段に構えた。

「ほう……やはり只者ではなさそうだ」

加八郎が、眼を細めた。

「強そうでうれしいぞ」

「私もだ」

「なにがだ」

「先に白状してくれたからな」

「三吉のことか」

「殺しも一緒にな」

「ふん、お滝のばかめ、わしのところに来るからいかぬのだ。所詮は女だったなぁ」

「いやいや、それはいかぬなぁ。おなごをばかにしてはいけない。おなごはすべて愛しいと思わねばならぬぞ」

「やかましい」

剣先の動きは鋭かった。

目にも留まらぬほどの早さで打ち込んできた。切先が千太郎の耳元を唸りを上げて通り過ぎた。油断をしていたら、耳をそがれていたことだろう。

「おぬし、その抜き打ちの腕をほかに使わぬのか」

「大きなお世話だ」

「もったいない……」

千太郎は、下段から青眼に構えなおして、剣先を上下にゆらゆら揺らした。相手の目を混乱させようとしているのだが、さすが腕に自信があるのだろう、加八郎は誘いにのってこない。

「いつまでも遊んでいるわけにはいかぬ」

そういって、加八郎は上段に構えなおして、突進してきた。

千太郎も前進した。

避けると思っていた加八郎の眼に驚きが浮かぶ。こんなとき自分の方向へ来るとは思わない。

それでも、すれ違い様に、

「きえ！」

加八郎の逆袈裟が一閃した。

だが、千太郎は、その動きを予知していた。

右肩を極端に沈めたのだ。

「なに？」

「ふふ。おぬしのその太刀筋は読めていたよ」

「くそ……」

「逆袈裟が特徴だ。だが、それを外されたらもう手はあるまい」

いくぞ、と千太郎は、突きを三度入れて、最後は上段から振り下ろした。加八郎は、それを跳ね返そうとするが、

「なに？」

千太郎の刃はその動きを察知して、刃を合わせると見せて、当たる瞬間にはずし、

「それ、逆袈裟だ！」

加八郎の右の肩から斜めに逆袈裟に斬りつけた。

う……と唸って、加八郎はその場にうずくまった。

倒れた加八郎を見て、千太郎は、弥市に戸板を借りてこいと命じてから、

「それほど深くは斬っておらぬから安心しろ。これを機会に殺し屋などから足を洗うのだな。もっとも、いつこの町に出てこられるかはわからぬがなぁ」

わっははは、高笑いが境内に響き渡った。

同時に、銀杏の木の後ろに隠れていたお滝が逃げ出した。

千太郎が、さぁっとそばに寄って、

「やっと、外で会えたのぉ」

にんまりとした千太郎に、お滝は鬼のような表情を見せていた。

「三吉の居場所を教えてもらおうか」

千太郎は、お滝の手首を摑んで、軽くひねった。お滝の顔が痛さに歪む。

「早く教えてくれぬと、手が折れるぞ」

「わかった、わかったから放して……」

お滝は、崩れ落ちた。

七

「というと、あの殺しは真山加八郎という男がやったということですかい？」

千太郎と弥市が、三吉を無事に救い出し、お調べなども終わった数日後のことである。

お常は、泣きながら喜んでいる。

先日、千太郎が昼から酔っ払った屋台で集まっての会話だ。

まだ春には遠い。

そのため、外に出された床几に座っていても、寒いのだ。

千太郎は、酒でも飲めば温まる、と一向に気にしてはいない。

三吉は、千太郎と加八郎が戦った寺の奥にある小屋に押し込められていたのだった。

助けられても、どうして自分がこんな目にあったのか、まるでわからねぇ、と狐につままれたような顔をしていた。

「今回は、お滝がすぐ動いてくれたから助かったな」

千太郎が、親父に熱燗のおかわりだ、といいながら呟いた。

「しかし、どうしてあっしたちが三吉を助けようとしているとわかったんでしょうねぇ。あの茶屋を訪ねただけで、それ以上の話はしてねぇのに」

弥市が問う。

「そんなことは簡単だろう。親分の縄張りはどこか考えてみたらすぐわかる。それに、私が片岡屋の目利きだというと、頷いていた。私と親分が懇意にしていることは近頃では、誰もが知っているのではないか？」

「あぁ、なるほど。しかし、あの茶屋について、あっしは知りませんでしたがねぇ」

「客とお滝は話をしている。そのうちの誰かに教えられたのだ」

「そういわれてみると……」

弥市は、また手柄を立てたと、奉行からお褒めの言葉と金一封をもらって機嫌がいい。

お常は、三吉にどうしてあんな女と一緒に寺から出てきたのだ、と追求すると、

「平太さんが、一度くれぇ博打を知ってみてもいいだろう、というからな、それで行ってみたんだが、なんとなく興味を持ってしまったんだ。で、ひとりで行ってみてぇと思ってな」

「その日、あたしがつけていったんだね」

「あの日、あの女から、ほかにも賭場があるから、そっちでどうだ、と訊かれた。それで、そのもう一方の賭場へ連れて行ってくれるというので、一緒に外に出たってことだ」

「……本当かねぇ」

「嘘なんぞいってどうする」

お常は、まぁそういうことにしておきましょう、と三吉の顔を覗き込んだ。三吉は、ばかやろう、亭主を信じろ、と苦笑する。

「で、結局は殺しを見ていたわけじゃねぇんだな」

「まったく見てませんや。声は聞きましたがね」

「あの浪人も、早とちりをしたものだ」

弥市の言葉に、千太郎は頷く。

「とにかく無事に済んで、よかった。さて、親分、ここの勘定は頼むぞ」

苦笑いをしながら、弥市は三吉に銭を握らせた。

「こんなことまで……」

「気にするな。お前さんを助けたからもらった銭だ」

ありがとうございます、と夫婦の声を背中に聞きながら、表通りに出ると、徳之助が歩いて来るところだった。

「相変わらず鼻が利くなぁ、おめぇは」

弥市が感心すると、

「違いまさぁ。お常に呼ばれているんですよ。だけど、会うのは……」

「なぜだい」

「お常は、昔の女です。亭主に嫌な思いをさせちゃならねぇでしょう」

「なるほど」

千太郎は、感心しきりである。

「で、殺された手習いの師匠というのは、どういう男だったのだ？」

徳之助の調べでは、どうやらその職を使って、近所の若い母親やら、娘たちをいいように弄《もてあそ》んでいた男という話であった。

娘を遊ばれた親が怒って、殺し屋を雇った。それが、真山加八郎だったということらしい。

「ですが、真山加八郎はどこからその話を仕入れたんですかねぇ」

徳之助の疑問に弥市が答えた。

「それは、お滝が絡んでいたんだ。あそこで客の話を聞き、それならいい人がいます、と真山を紹介すればいいということだ。お調べで判明したらしい」

「それなら話はわかりやすい」

徳之助が頷いた。

三人は、鍋町の通りから連雀町《れんじゃくちょう》に入り、神田川沿いを柳橋に向かって歩いている。柳原の土手に植えられている柳の葉が、まだ寒そうに枝を震わせていた。

「あれ？」

弥市が、頓狂な声を上げた。

「あちらから来るのは、市之丞さんでは？」

千太郎が、そうらしいと頷く。

市之丞は、難しい顔をして歩いていた。

そばに寄っても、千太郎に気がつかない。

「これ、市之丞、いかがいたした」

「あ……これは」

ぱっと目に光が生まれた。

「浮かぬ顔ではないか。どこに行くのだ」

「いえ、これでなんとかなります」

「なに？」

「じつは、お雪さんに頼まれて、片岡屋に来たのですが、留守だったので……雪さんが探してこい、というので、ふらふらと……」

「あてもなくか」

「はい……」

「相変わらず、お前はなにを考えているのやら。で、雪さんはなんの用事なのだ」

「さぁ、それは聞いておりません。ご自分でどうぞ」

「………」

「さぁ、早く戻りましょう！」

手を引かぬばかりに、千太郎を急《せ》かした。

第三話　風の約束

一

寒さはようやくゆるんで、そろそろ春の風が大川を渡っている。

柳橋は、神田川と大川が交差するところだ。

千太郎は、市之丞、弥市と一緒に片岡屋に向かっていた。

下駄新道の事件解決後である。

千太郎は、雪が自分から会いに来るとは思ってもいなかった。少々驚いているのだが、あの娘ならその程度のことは平気だろう、と頭のなかで笑ってもいるのだった。

それにしても……。

千太郎は、思案する。

あの雪という娘は、どう考えても普通の町娘とは思えない。

あの物腰は武家の出である。

それについては、本人もはっきり否定はしていない。

千太郎にはひとつの仮説が生まれている。

あの雪という娘は、もしかしたら、自分と祝言をあげることが決まっている由布姫ではないか、という疑いだ。

どうしてそんな唐突な疑問が浮かんだのか？

自分でもよく判断はできないでいる。

ただの願望かもしれない。

幻を追っているだけかもしれない。

だが……。

千太郎は首を左右にふる。

田安家に関わりのある姫ともあろうものが、そんなだいそれたことをするだろうか。

屋敷を出て、江戸の町で娘の格好をし、しかも隠し同心だ、などと宣言して、女だてらに、探索三昧《ざんまい》。

それも、お供の志津という娘と一緒に危険も顧みずに、である。普通なら考えられない。

己も似たような境遇にあり、江戸の町を見たい、という勝手な思いで、片岡屋という骨董商にいる。

そう考えると、あながちありえないことではない、と思ってしまうのだ。

さらに、千太郎には、雪を由布姫と疑う裏があった。

「由布姫は、周りでも手が付けられぬじゃじゃ馬姫だ、と聞いているではないか……」

その気持ちが、千太郎の疑いを駆り立てることになっているのだった。

「千太郎さん……」

「はん？」

「はん、じゃありません。なにをそんなに真剣に考えているのです」

市之丞が、横に並んで訊いた。

「あぁ、まぁなぁ」

「鼻毛でも抜いていましたか」

「お前でもあるまいし」

「これはしたり。わたしはそんなことはいたしません」

「嘘をつけ」

「抜かずに切ります」

「……ところで、雪さんはひとりか」

「いえ、志津さんも一緒です」

「それでお前は張り切っておるのだな」

「わかりますか」

「見え見えではないか」

志津が事件に巻き込まれたとき、ふたりで手をとりあって、解決に導いた。それがきっかけでさらにふたりの気持ちは、強固に結びつきだしたらしい、と千太郎は気がついている。

柳橋から、大川を登ってようやく大川橋に着いた。

そろそろ、風は生暖かく変わり、冬の冷たい光から変化して、町を歩く娘たちの化粧も映えている。

それでも川風は、体を冷えさせる。

市之丞や弥市は肩をすぼめているが、千太郎は背筋を伸ばして、寒さは感じないのか涼しげな顔。

「体に力を入れるとかえって寒いぞ」

「はぁ、そんなものですか」

「緊張を解け」

「では……」

市之丞が、ふぅと大きく息を吐きながら力を抜く。

「ううむ、なるほど」

弥市も真似をしてみるが、

「やっぱり寒いや」

ブルンと体を震わせた。

「それは修行が足りぬからだぞ」

市之丞が、偉そうに弥市をからかう。

「へんだ、市之丞さんだって、ブルブル震えているじゃねぇですかい」

「なにを申すか」

この程度がちょうど気持ちがいいのだ、と強がりをいって先に歩いていった。

「ところで親分」

「へぇ、なんでしょう」

「徳之助の姿が見えぬようだが」

「あぁ、おおかたまた別の女のところにでも行ったんでしょう。気にすることはありません」

「そうか、訊きたいことがあったのだがな」

「はて、それは？」

「……いや、よい」

「ははぁ……」

弥市は、意味深な顔になって、

「お雪さんのことですね」

「なに？」

「さしずめ、徳之助に女の気持ちを摑む方法でも訊こうと思っていたんではありませんかい？」

「そのようなことはない」

普段は冷静な千太郎が、慌てた。

「わっはは、旦那も人の子ですねぇ」

「よけいなことをいうな」

市之丞を追って早足になった千太郎を見て、弥市は、なにか微笑ましい思いに駆られるのだった。


片岡屋に着くと、雪と志津が帳場に座っていた。

まるで、ふたりは以前からこの店の帳場を任されているような雰囲気である。

雪こと由布姫は、花嫁修業にそろばんも入っていたから、帳簿もお手の物なのだ。もちろん、志津もそろばんを使うことができる。

端に追いやられた治右衛門は、むっつりしているが、まんざらでもなさそうな顔つきである。

「ふふふ……」

由布姫が、治右衛門の笑い声に気がついた。

「なんです、その不気味な声は」

「ふふふ……わかりませぬか」

「わかりませぬ」

「私もそろそろ引退を考えてもいい頃ではないか、とまぁそんなことを思ってしまったのですがねぇ」

「引退じゃと？」

「ふふふ」

「そのおかしな笑い声はやめてください」

不服を申し立てたのは、志津だった。

「なにやら気持ち悪くなります」

「それは失礼した」

「私たちのやることがそんなに笑うようなことなのですか？」

治右衛門は、鉤鼻である。

それに、どすの利いた声に、強面の顔。

どこから見ても、骨董商とは思えぬ迫力がある。

その治右衛門が、薄気味の悪い笑い声を上げているのだから、志津ならずとも、嫌がるのは当然だ。

「さっき引退といいましたが？」

雪が重ねて訊いた。

「千太郎さんにお嫁さんが来たら、引退だと申しておるんです」

「嫁が来るのか？」

「おやおや……」

治右衛門が目を細めて、由布姫を見つめる。

もちろん、れっきとした姫さまだとは思っていない。素性は明かさぬが、どこか商家の娘だと疑っていないのだ。

「おやおやとは、なんです」

「ご自分のことをいわれても気がつかないとは、これは、相当なのんびりじゃじゃ馬ですなぁ」

「なんじゃと？」

自分のこと、といわれて気がついた。

「嫁とは私のことか！」

「まだ先のことだとは思いますがなぁ」

「なんてことをいう。私は許嫁《いいなずけ》がすでに決まっているのです！」

叫んで、はっと口を抑えた。

それから、ふとその言葉のあと、由布姫は悲しみの目つきになったのを治右衛門は、気がついている。

「おやおや、もしその言葉が本当だとしたら、そうとう嫌な縁談だということで

「……」

「…………」

「なるほど、そこから逃げたくて、隠れ同心だ、などととんでもない台詞を考案いたしましたか」

うふふふ、と相変わらず気持ちの悪い笑い声を出しながら、治右衛門がひとりで得心したような表情をしていた。

二

千太郎が戻ってきた。

治右衛門は、わけありの顔で千太郎を見つめる。

「なにか用か？」

帳簿の中心から外れている治右衛門を見て、怪訝に思ったが、雪が真ん中にいる姿を見つけて、苦笑する。

「なるほど、追い出されたらしいのぉ」

「ふふふぅ」

「おかしな笑い声ではないか」

「まぁ、雪さんにお訊きなされ」

「はん？　なにをだ」

「それも雪さんに」

片眉を動かして、千太郎は雪に目線を送る。

由布姫は、千太郎が戻ってきたのを知っているが、わざと帳場から動こうとしない。

それを見て、志津が雪さん、と呼んだ。

「知ってます」

「では、お迎えに……」

「いいのです。いま手が放せません」

「まさか」

さっきまで無駄口を叩いていただけだ。

「よろしいのですか」

「もちろんです。私はあの方の嫁ではありませぬ」

志津は、意地を張っているなと、気がつき、

「さようですか、私は市之丞さまも一緒ですので、お迎えに参ります。では……」

立ち上がって、帳場から離れた。

それを由布姫は、知らぬふりをしながらも、上目遣いで追っていく。志津は後ろに視線をしっかり感じていた。

「お帰りなさいませ」

市之丞の前に立った志津は、ていねいにおじぎをする。それを見て、市之丞は、破顔しながら、ふむ、と偉そうに応じた。

千太郎は、そんなふたりを笑いながら見ていたが、

「雪さん、来ていたのですね」

大きな声で話しかけた。

ようやく気がついた、という体《てい》で、

「あら、千太郎さん……」

由布姫は立ち上がって、入り口に向かう。

その一連の流れが、どこか芝居がかっていて、市之丞も志津も、そして弥市までもがくすくす笑いをしているのだった。

ひとり、治右衛門だけは仏頂面《ぶっちょうづら》である。

「雪さん、なにか用事かな」

「不思議な話があるのです」

「はて……」

「噂が広がる前に行ってみたいと思いましてね」

「なにがあったのです」

今日の由布姫は、利休鼠の小袖に瑠璃紺の羽織を着込んで、ときには若衆姿になることもあるのにしっとりめである。

「今日の雪さんはおしとやかそうです」

「あら、そうかしら」

科《しな》を作って、袂を広げる姿は優雅で、そこはかとない姫さま育ちの品格や、気品が漂ってくる。

千太郎は、満足そうに頷きながら、

「ところで不思議な話とは？」

由布姫は、急に声を落として、

「こんな話です」

と語り始めた。

浅草、金龍山浅草寺のご本尊が、観音様であることは、子どもでも知っている。

この地に、観音様が祀られたのにはそれなりの由来があった。

時は飛鳥《あすか》時代まで遡る。

推古天皇三十六年（六二八）三月の朝。檜前浜成《ひのくまのはまなり》・竹成《たけなり》の兄弟が江戸浦（隅田川）で魚を釣っていた。そこで引き上げたのが、観音様だった。

郷司《ごうじ》の土師中知《はじのなかとも》は、これを聖観音菩薩と知り、帰依《きえ》したあげく、出家《しゆつけ》をし、自宅をとうとう寺に改築してしまったのである。

さらに、大化元年（六四五）勝海上人《しようかいしようにん》が、観音堂を建立《こんりゆう》し、ご本尊を秘仏としたのである。

浅草は田原町二丁目に住む、畳職人の左五郎《さごろう》、お民《たみ》という夫婦がいた。

ふたりが、いみじくも大川百本杭《ひやつぽんぐい》で釣りをしていたら、小さな木像が釣りあがった。

これはなんだろう、と思い、そばにある専心寺の住職、安観《あんかん》に見せると、

「なんと、これは、馬頭観音様ではないか！」

驚き、これは天竺の国で彫られたものに違いない、大切なものだから、持っていてもいいし、寺に寄付をしてもよいといわれた。

左五郎、お民のふたりは悩んだ。

そんな大事な仏像を持っていていいものだろうか。

かえって罰当たりにならないだろうか。

これを持っていることで、幸福になることができるなら、それはそれでいい。

だけど、自分たちではそのような大事なことを判断するのは難しいと悩み続けた結果、周囲の人たちに、観音様の御利益を振りまくことで、自分たちも幸福になろう、と決心したというのである。

由布姫は、どう？　という顔で千太郎を見つめる。

「これはまた不思議な話ではないか」

「まるで、浅草寺と同じ話ですねぇ」

市之丞が、興奮している。

「そのような御利益がある観音様なら、一度拝観してみたいものです」

だが、さすが弥市は岡っ引きである。

「その話は眉唾《まゆつば》ということはありませんかい？」

それに市之丞が、嚙みつく。

「親分は、情緒がないのぉ」

「なんでもかんでも鵜呑みにしていいということはねぇでしょう」

「なにが不満なのだ」

「不満なんざありませんがね、その仏像が本当にそのてんぷらの国とか、てんてんの国とかで作られたものかどうか、はっきりしてません」

「そこなのです！」

由布姫が目を吊り上げながら叫んだ。

「ですから、その馬頭観音なるものを千太郎さんに目利きをしてもらいたい、と思ったのです」

「その左五郎なる者と面識があるので？」

弥市がいつになく冷静に訊くと、

「そこで、親分の顔が役に立ちましょう」

由布姫は、にやりと笑ったのである。

「なんとまぁ」

弥市が、十手を取り出しながら、

「呆れたお嬢さまだぜ……」

それに千太郎が、続く。

「確かに親分のいうとおり、天竺のものがこんな大川に流れ着く、というのは解《げ》せぬな」

「ですから鑑定を」

「左五郎としては迷惑だろう」

「嫌なのですか」

　由布姫は食い下がる。

「おかしな結果になりそうです」

「それはそれでいいではありませんか」

　ううむ、と千太郎は腕を組んだ。

「あまり人の困ったところは見たくないのだが」

「喜ぶかもしれぬでしょう」

　市之丞が、そうですそうです、と調子よく合いの手を入れる。

「田原町の二丁目はここからすぐですよ」

　由布姫は、どうしても譲らない。

　弥市も、もしそれが大嘘だったら、人心を惑わすのだから、少し懲らしめねぇとなあ、と口を尖らせた。

こうして、結局は由布姫に押し切られた格好で、千太郎は、左五郎を訪ねることになったのである。

三

田原町には仏壇屋が並んでいる。

すぐそばに浅草寺があるからだろう。

いまは昼の八つ（午後二時）下がり。まだ、人通りは多く、観音様のお参りだけではなく、奥山の芝居見物や、露店で買い物を楽しもうという人の流れが、田原町まで続いている。

春めいた明るい色の小袖を川風に翻す娘たちや、どう見ても江戸勤番の田舎侍と思える者たちも、数人でたむろしながら、きょろきょろしている。棒手振《ぼてふり》もいる。

そんな浅草の賑わいに、千太郎は目を細めながら、

「雪さん、このように元気な者たちを見ていると楽しくなるのぉ」

「はい、私も……」

「……素直な雪さんもいいのぉ」

「なんですって？」

「あ、いや、いつも美しい」

「わかりませぬ。私はふだんはどうなのですって？」

「いやいや、もちろん美しい」

まるで夫婦漫才である。

それを見ていた市之丞が、後ろから声をかけた。

「聞こえてますぞ！　よぉ！　おふたりさん！」

千太郎は、後ろを振り返って、

「このたわけ、よけいなことをいうでない」

「ははぁ……」

足を止めて腰を折った。志津がとなりで大笑いをしている。

「市之丞さま……あのふたりもけっこういい調子ではありませんか？」

「長続きしてくれたらいいがなぁ」

呟くようにいった市之丞の顔を見て、志津がにんまりとする。その顔は悪戯心に富んでいる。

「あら、私たちはどうなのです？」

市之丞は、怪訝な顔で答えた。

「いまは、あっちのふたりの話です」

「あら、私たちは関係ないと？」

「そんなことはいってませんて……」

これまた、後ろで聞いていた弥市が、

「みんな締まらねぇな、まったく」

自分だけどうしてひとりで歩いているのだ、と文句でもつけたそうな顔つきであった。

田原町二丁目に入った。

弥市が、ちょっと待っていてくだせぇ、といって、自身番の戸を開けた。

大川百本杭で、馬頭観音様の仏像が上がった話を知ってるか、と訊くと、町役がいま、その話を聞いたばかりだと答えた。

どうやら、そろそろ公《おおやけ》になりそうな雰囲気だった。

弥市は、左五郎が住んでいる長屋の場所を訊いて、千太郎のところに戻った。

左五郎の家の前には、数人がたむろしていた。

どうやら、馬頭観音を釣ったという噂を聞きつけた輩たちが、ひと目その観音様を拝みたい、と、押しかけてきているらしい。なんと、そのためには十文が必要だというのだった。

長屋は、棟割りでいわゆる九尺二間の部屋だ。

大勢の人間がなかに入ることはできない。

「これは並んでいるのか？」

千太郎が、弥市に問う。

「さぁて、訊いてみましょう」

弥市が、十手を取り出して、並んでいる者たちをかき分けながら、家のなかに足を踏み入れていく。

早くから並んでいたと思える者たちから不平の声が上がるが、岡っ引きと気がつくと皆黙ってしまった。

「おう、ちとあがらせてもらうぜ」

こんなときの弥市は、強引である。

「左五郎ってのは？」

「はい、私です」

目が細く鼻は低い。唇も薄くてやせ細った、貧相な男だった。

弥市は、こんな野郎が観音様を釣っただとぉ？　と、あからさまに嫌みな目つきで、左五郎を見つめた。

となりに、ちょこんと座っている女が女房のお民だろう。こちらは色黒だが、陽に焼けているというよりは、体のどこかを病んでいるのではないかと思えた。

ふたりとも着古した木綿の衣服で、袖などもぼろぼろになりかけている。見るからにみすぼらしい夫婦だ。

「観音様はどこだい」

「はい……」

左五郎は、顔を後ろに向けた。

真新しい木箱が衣の布で飾られている。箱のなかには、男の手の平と同じくらいの背の木像がこちらを向いていた。

「あれか……」

「はい、あのぉ」

左五郎が、不安そうな目つきで弥市を見つめた。なにかいいたそうにしているが、言葉が出てこないらしい。

神経質なのか、それともほかに要因があるのか、弥市には判断がつかない。

四畳半の座敷には、四人の客がいた。職人ふう、どこぞお店の奉公人ふう、長屋のおかみさんふう、そして、貧乏浪人の四人だった。

四人とも、観音様の御利益を求めてきたのだろうが、弥市は、そんな顔を見ながら、十手を振った。

「悪いがなぁ、おめぇさんたち、ちょっと出てくれねぇかい」

四人は、顔を見合わせている。

左五郎が、不服そうに目をしょぼつかせながら問う。

「なにか、ご不審な点でもあるんですかい？」

「なんでもいいから、空けてくれ」

しぶしぶ客たちに頭を下げて、出ていくように頼んだ。

四人は、がっかりした顔をしながらも、ご用聞きに睨まれるのは本意ではない。静かに土間に下りていく。

部屋が空いたところで、弥市は千太郎たちを呼び入れた。

白い目で見られながら、千太郎と由布姫がなかに入った。市之丞と志津は、まさかとは思うが、客たちが暴動でも起こさないかと、見張っていることにした。

千太郎は、木箱のなかに鎮座している木像を手にした。

「ちょっと……」

左五郎が慌てた。

「なんだね？」

千太郎は、にこやかに訊いた。

その顔で、左五郎は文句を止めてしまった。いえ……と乗り出した体を元に戻し、それでもひとこと吐き出した。

「大事な仏像ですから」

「それはわかっておるから心配するな」

「あまり、いじくらねぇでもらいてぇんですよ」

「ほう、見られると困るのかな」

「いえ……」

左五郎は、弥市に目を送る。

この人は何者だ、と訊いているようである。その視線の意味に気がついた弥市は、

「心配はいらねぇ。このお方は、山下にある片岡屋という骨董商で、目利きをしている人だ」

「目利きだって！」

由布姫は、じっと座ったままで、余計な言葉を挟まないようにしている。千太郎にはなにか策がある、と看破しているのだ。

そんな思惑は左五郎や、お民には無縁だ。

千太郎が目利きと知って、左五郎の目が飛び出そうになる。となりに座っているお民は、膝を上げて、立ち上がろうとした。

「どうしたい、そんなに慌てて」

「い、いえ……なんでもありません」

「なら、そこでじっとしてな」

弥市は、ことさら十手をひらひらさせて、ふたりの動きを牽制した。

千太郎は、仏像をひっくり返したり、手に乗せて、上下に動かしたりしている。

しばらく、お手玉でもするのではないかと思えるような仕草を取っていたと思ったら、にやりと笑った。

「左五郎……」

気品と威厳のある声で、左五郎に声をかけた。

「…………」

左五郎もお民も顔から血の気が引いている。ちらちらと千太郎を窺いながら、ため息をつき続けている姿を見て、弥市は、薄ら笑いをしている。

「旦那……どうです？」

弥市の問いに、千太郎はにこりとして、

「ふむ、これはいいものだ。すばらしい」

「え！」

叫んだのは、弥市ではない、左五郎夫婦だった。

「左五郎……」

千太郎の呼ぶ声に、はい、と緊張の面持ちをする。

「よいか、これは大事なものだ、なくすなよ」

「は……は、はい」

額に汗がにじみ出ている左五郎に、千太郎は、あくまでもにこにこと笑みを浮かべながら、声をかけている。

弥市は、本当かという顔つきで千太郎を睨んでいるが、千太郎は、背筋を伸ばしたまま、知らぬふりをしている。

千太郎の態度に反して、左五郎は、背中を丸めて小さくなり、いまにも消え入りそうだ。
「親分、帰ろう」
立ち上がった千太郎に、弥市は目を合わせずに、
「しょうがねぇ。やい、左五郎、おかしな真似をしやがると、しょうちしねぇから
な」
捨て台詞を吐いて、千太郎の後に続いた。

四

外に出ると、風が強くなっていた。

千太郎は、市之丞と志津がじっと客たちの前で、仁王立ちしている姿に笑みを浮かべて、由布姫を見た。

おほほ、と由布姫は手で口を抑えながら、

「なにをお考えなのです？」

「はん？」

「あれはどう見ても偽物でしょう」

「あははは」

「それをあのように、本物ということにしました。それにはなにか裏がなければいけません」

「なるほど」

「なんとなくわかる気もしますが」

「ほう……」

「あそこで、左五郎に恥をかかせたくなかったのでございますね」

「そうともいえるが、それだけではない」

「はて……？」

「あの左五郎や、女房の顔を見たであろう」

「それがなにか？」

「あんなことで嘘をつくには、なにか止むに止まれぬ理由があると睨んだ。それをあとで訊いてやろうと思うたのだ」

「お人のよいこと」

「ふむ、それが取り柄だからのぉ」

そういいながら、千太郎は歩きだした。

背中を見つめながら、由布姫は、じっと考え事をしていると、志津が寄ってきて、

「本物というお話でしたが」

顔は、嘘ですねと訊いている。

「さぁてねぇ……」

「あの方が考えていることはよくわかりませんねぇ」

「………」

由布姫も、同じ考えだが、そこで同調するのはためらわれた。

「姫さま……？」

「これ、気をつけなさい」

志津は、はっとして、周囲を見回す。

「つい、いつもの呼び名が出てしまいました。ところで、左五郎というのはどんな男だったのです？」

由布姫は、あまり風采の上がらぬ男だったと、さっき見たままを教える。

「そんな者が観音様を釣ったと？」

「元気な人は、そのようなことにはならないのではないか？」

答えの意味がわからず、志津は小首を傾ける。

「それはどういうことです？」

「風采が上がらぬから、あんなことを画策したということになる、と考えたのだが、どうであろうか」

「……やはり、狂言ですか」

「そんなところだと私は睨んでいるが……」

「千太郎さんはどう考えているのです？」

「それがよくわからぬ」

由布姫と志津は、ため息をつくしかない。

「それより、志津、市之丞さまと離れていてよいのか」

「千太郎さんと話をしておりますから」

「あのふたりはどういう仲であろうなぁ」

「主従であろうとは思いますが」

「しかし、千太郎さんは自分が誰かもわからぬというておる」

「それが妖しい話ではありませんか」

「妖かしとでも？」

「密偵かなにか、あるいは盗賊……」

「志津は、考えが飛ぶものだ」

そういって、由布姫は笑うが、心底から否定できないところが辛い。秘密を隠し持っていることは間違いないが、それがなにか？

「いまは、あまりお考えにならないほうがよろしいかと。来るべきときがきたら、どうせ、別れるお相手です」

その言葉に、由布姫は沈んだ顔をするしかなかった。


「若殿……」

「ばかもの、その呼び名はやめよ」

千太郎と市之丞も、由布姫と志津と似たような会話を交わしていた。

怒られた市之丞だが、肩をすぼめただけで、

「そんなことより、佐五郎の観音様ですが」

「予測どおり偽物だ」

「それなのに、どうして放ってきたのです？」

おかげで、弥市は膨れ面をしたまま、だいぶ先に行ってしまった、と市之丞は笑う。

「仕方あるまい」

「なにか計画でもあるのですか？」

「そのようなものはない、ないのだが……」

「なにか気になることでも？」

千太郎は、足を止め弥市がかなり遠くまで行ってしまったのを確認すると、市之丞に顔を向けた。

「市之丞、もう一度、左五郎のところに帰って周辺から話を聞き出してくるのだ」

「なにを探ればいいのです？」

「左五郎は、畳職人ということだったが、それらしき道具はまったくなかった。第一、釣り上げたのは昼だろう。その刻限、普通なら仕事をしている頃ではないのか？」

「確かに」

「釣りなどをしていたということは……」

「仕事がない……」

「道具がないのだから、な」

「しかし、畳職人にそれほど道具などいるのでしょうか」

侍のふたりには、職人の道具の知識はほとんどない。

「あの家で仕事をしているわけではなさそうだから、置いていない、ということも考えられるが、そのあたりのことを詳しく聞き込んでくるのだ」

「弥市を連れて行きたいのですが」

「あの者は、少しすねておるからな、うまくいわねば断られるぞ」

千太郎は、苦笑しながら一度腕を組んで、大きく息を吐くと、ふたたび歩き始めた。

五

市之丞と弥市は、片岡屋に帰るという千太郎と別れて、ふたたび左五郎の長屋のある田原町二丁目に戻った。

弥市は、なんとか左五郎の悪い噂を見つけようと必死だった。

だが、出てくる噂は、ほとんど真逆である。

左五郎は、十年近くこの田原町に住んでいる職人だった。

そのためか、評判はすこぶる良い。

まじめである。嘘はいわない、正直な人、あるいは、お民と一緒になってからも、嫁思いのいい旦那……。

ひとつとして、悪い噂は聞くことができない。

市之丞も弥市の薫陶を受けて、ひとりで聞き込みをしてみたのだが、

「親分、あの左五郎というのは、けっこう腕のいい畳職人らしいぞ」

「ううむ」

「嘘などはいわぬそうではないか」

「あっしに入ってくるのも、皆同じようなもので……」

「当てが外れてしまったぞ」

ふたりは、もっと悪いほうの話が集まるかと思っていたのに、まるで、正反対なので、どうも調子が狂ってしまった。

しかし、そんなときに、ひとつだけ、これは、という話が聞けたのは、聞き込みを始めて、一刻過ぎた頃だった。

聞き込みの範囲を拡げて、大川橋付近まで歩いてきた市之丞が、橋に座っている髪結いに声をかけた。

こんなところで、しかも、店ももたないような髪結いから、なにか聞き出せるとは思っていなかった。

それでも、溺れるものは藁でも摑む。

市之丞が、お吉《きち》というその女髪結いに訊いてみたところ、

「旦那……左五郎さんですかい？」

田原町の畳職人というだけで、きょろきょろしながら答えた。

「そうだが、なにか知っているのか」

「あまり大きな声ではいえませんがねぇ」

ときどき、この大川橋で茣蓙《ござ》を敷いて客を待っているのだという。そのためか、日に焼けた顔色をしている。

目だけがぎょろぎょろしていて、なんとなく気持ちの悪い女だが、話し方はしっかりしていた。市之丞は体を乗り出した。

「悪い金貸しに捕まりましてね」

「金貸し？」

「借金がかさんでいるんですよ」

「どうして、そんなことを知っているのだ」

「その金貸しから聞いたからですよ」

「ほう……お前もその金貸しから借りているんだな」

「へぇ……お侍さま、ぼぉっとした顔をしている割には、勘がいいらしいですねぇ」

「大きなお世話だ」

「それでね、なかなか返すことができずに困っているという話でした。あぁ、困っているのは、貸したほうですが」

　お吉は、なんとなく嫌な笑いを見せる。

「その金貸しとは誰なのだ」

　両国の、勘八《かんぱち》という地回りだと、お吉は答えた。

「といっても、顔役というわけではありませんよ」

「小悪党か」

「悪さをするわけではありませんが、土地を持っていますからね、それを貸している金が、ざっくりと入ってくるらしいです」

「それが元手か……」

「まぁ、そんなことでしょうねぇ」

　お吉は、髪を結っていきませんか、と訊くが、

「いや、そんな暇はない」

　と市之丞はあっさり断って、離れようとすると、お吉の手が差し出された。

「旦那さん……こういう大事な話を聞いたときには、お足を置いていくのが常識ってもんでしょう？」

市之丞は、仕方なく一分銀を渡す。

「あれまぁ、こんなに」

お吉は、せいぜい十文程度に考えていたらしい。

「その代わり、今度また話を聞かせるのだ」

「わかりました、いつでもどうぞ」

お吉は、歯茎を出して笑った。

市之丞は、合流した弥市とお互いの持ち手を交換する。

お吉から聞いた話をすると、弥市は、驚き顔をして、

「じつは、あっしも似たような話を聞きました」

と答えたのである。

弥市が仕入れた話は、お民は不治の病に罹《かか》っている、という内容だった。

「それで、高価な薬を手に入れるために、無理な借金をこさえてしまったのではないか、と、まぁそんな話なんです」

「なるほど」

「つながりましたねぇ」

二人はお互いの目を交差させて、うんうんと頷き合った。

その話を聞いた千太郎は、

「そのような裏があったのか」

と沈んだ声を出した。

「お民の表情を見ていて、これは病ではないかとは見当をつけていたのだが、まさにそのとおりだったのだな」

「それも不治の病、ということですから……」

「ふむ……」

市之丞と弥市親分からの報告がされたのは、その日の暮れ六つ（午後六時）を過ぎたあたり。由布姫と志津は、自分の家に帰った後だった。

「それにしても、その金貸しの……」

「勘八です」

「どのくらいあこぎなことをやっているのだ」

その問いには、弥市が答えた。

「勘八という名は聞いたことがあります。表には出てきませんからね、あまり知られてはいないのですが、おそらく、一両借りたら一月後には、返済する金額が十一両になっているというような話ではないかと」

「なんと……」

千太郎と市之丞は、驚愕の目をする。

「そのようなことが許されていいわけがあるまい」

正義漢の市之丞は、顔を真っ赤にして怒り狂っている。

「そうはいっても、それでも金を借りねぇと生きていけねぇ連中が、けっこういるんでさぁ」

弥市の言葉に、千太郎は、眉をひそめる。

「よし、その勘八という男に談判しよう」

「なにをいうんです？」

弥市は、なにをいっても無駄だという顔つきだ。

「懲らしめるのだ」

「それはいけませんや」

「なぜだ」

「本当に困った連中は、そんな野郎にでも借りねぇと助からねぇ。世の中そうそう杓子定規にはできていねぇんですよ。腹立たしいことに……」

市之丞は、ううむ、と唸り続けるしかない。

「なにかいい知恵はありませんか」

千太郎に声をかけるが、じっと目をつむっているだけである。

「旦那……それより、左五郎は人心を惑わしているんです。このままにしておくわけにはいきません」

「しかし、止むに止まれぬからあのような嘘を始めたのであろう」

「嘘で金を皆から巻き上げているんです」

許されていいわけがない、と弥市は岡っ引きらしい思いなのである。

すると、千太郎が目を見開いて、

「親分……その勘八という男は、本当に相当あこぎなのだな」

「まぁ、噂ですからねぇ」

「しかし、じっさいに困っている者がある」

「それは間違いないでしょう」

「ならば、掃除するしかあるまい。町の悪い虫ならば」

「ですが」

「まぁ、待て。親分のいいたいことはわかっておる。しかし、そんな金貸しがいるから、どんどん借金がかさんで、とうとう悪さを働くような者が生まれるのも事実ではないか」

「まぁ、そうですねぇ」

弥市は否定しない。確かに悪循環が生まれている、といいたそうだった。

「ならば、その根は絶やさねばなるまい」

「どうするのです？」

「その勘八には、弱点はないか」

「さぁ……あぁ、古物が好きだという話を聞いたことがありますが」

「それは、いい話だ……」

千太郎は、にんまりとして、市之丞と弥市の顔を見比べるようにすると、

「左五郎から、仏像を借りよう」

「借りてどうするんです？」

「売るのだ」

「はぁ？」

「片岡屋で仕入れて、それを売る」

「できるんですかい？　そんなことが。あの銁鼻の主人が許すとは思えませんがね

え」

だが、千太郎は勝算のありそうな目つきをする。

「心配するな」

うふふふ、と含み笑いをすると、

「市之丞。志津さんとは今度いつ逢引きをするのだ」

「なにか悪いことをしているような案配ですねぇ。まぁ、いいですが」

苦笑いをしながらも、市之丞は、明日、辰《たつ》の刻（午前八時）にはここに来ることになっている、と答えた。

「雪さんも一緒だな」

「そうだと思います。左五郎の件が気になっているようでしたから」

よし、と千太郎は、ふたりには意味不明な合いの手を入れた。

「なにか楽しそうですが」

市之丞と弥市は、はっきり教えてくれぬのか、という顔つきだ。

「では、こうだ、近う寄れ」

千太郎のそばに、市之丞と弥市がにじり寄る。話を聞いているうちに、ふたりの顔がほころんでいった。

六

突然、山下で骨董市が開かれることになった。

場所は、片岡屋から少し離れた空き地である。

紅白の幕を張って、なかで価値ある古物を並べ、それを買ってもらおうという趣向であった。

縁台が並べられ、その上に陶器や磁器、それに仏像などが陳列されていた。その数は、おそらく、百個はあるだろう。

いくら片岡屋が古物を扱っているとはいえ、これだけの数をそろえられるはずがない。由布姫が千太郎に頼まれて、集めてきたものだ。

千太郎は、これをどこから持ってきたのか、という野暮なことは訊かない。

市之丞と弥市は、不思議そうな顔をしているが、相当な大店の娘なのだろう、とやはり詳しく聞き出そうとはしない。

そもそもふたりとも、このようなものに価値があるのかどうか、あまり関心がないのだ。

そのなかに、ひときわ飾って売られている仏像があった。

金糸で縫い取られた布の上に、ちょこんと鎮座させられているのは、馬頭観音である。男の手の平程度の大きさしかないのに、敷物は、その五倍は幅を取っているだろう。

「これは……？」

興味のある者が、手に持ち、怪訝な顔をする。

すると、すぐさま志津がそばによって、にこりと微笑み、

「それは、先日、大川からあげられたもので、天竺というところで作られた秘仏ですよ。高価なものですから、あまり手に取らぬほうがよろしいかと思いますが、お買いになりますか？」

そんな話をされて、買おうとする客などほとんどいない。

「それほどのものは、ちと、手が出ませんなぁ」

噂を聞きつけて、会場に来た大店の主や、武家の古物好きの侍なども、志津の言葉でみな二の足を踏んでしまう。

なんのために、この馬頭観音を披露しているのか、それを知っているのは、市之丞と弥市、それに由布姫、志津だけである。

主催者である、片岡屋も聞かされてはいなかった。

「なんだ、この汚らしい仏像は」

治右衛門は最初、これを並べる、といって見せられたときに、捨てようとしたほどである。

ところが千太郎は、これは重要なものだから、ほかのものとは区別して飾りたい、と申し出をした。

しかたなく、治右衛門はもっと高価な古物を見せるときに使う布の敷物を使わざるを得なかったのである。しかし、会場に飾ってからも、

「まったく、この二束三文の仏像は……」

客たちには聞こえないように、ぶつぶついい続けているのだった。

客のなかでひときわ異彩を放っている男がいた。

「あれは誰です？」

客の知り合い同士の会話で、指を差されているが、知っている者はいないらしい。

高級そうな薄茶の羽織を着てはいるが、その目つきはあまり涼やかとはいえない。

むしろ、剣呑だ。

使用人だろう、ふたりを従えている。ひとりは浪人である。このふたりがまた、あ

まりいい人相とはいえない。

「千太郎の旦那……来てます」

弥市がそっと千太郎に寄ってきて、話しかける。その顔には薄ら笑いが浮かんでいた。

「罠にかかったな」

「まだでしょう、あれを買うかどうか」

「そうであった」

「買いますかね」

「それは、雪さんの腕にかかっておるな」

「あの娘さんなら、心配ねぇですよ」

「おや、ご贔屓ではないか」

「以前、我は隠れ同心なり！　っと叫んだときには、思わず恐れ入りましたからねぇ。本当に、そうかと疑ってしまいましたよ」

わはっは、と千太郎は笑いながら、

「本当かもしれぬぞ」

「まさか……えぇ？　真《まこと》ですかい」

「さぁなぁ」

「冗談はなしですよ」

またしても、千太郎は大笑いをしながら、

「お……雪さんが近づいたぞ」

「これは、見物《みもの》です……」

ふたりは、まるで芝居でも観ているような目つきで、雪とその男を見つめている。

その男――。

いうまでもなく、勘八である。

千太郎が考え出したのは、次のような筋書きであった。

左五郎から、例の馬頭観音の仏像を借りる。骨董市を開き、それを陳列する。もちろん、目のある者が見たら、それは二束三文だということは、明らかである。

だが、雪がそれをうまく言葉巧みにごまかし、売りつけるのだ。ただし、売るのは、ただひとり――。

「それが勘八ですね」

勘のいい雪は、策を聞いたときに、答えた。

「さすが、雪さん、ご明察」

「でも、そうそう簡単には引っかからないのではありませんか」

「そこは、雪さんの腕で、なんとか……」

「私がですか」

「ほかにいますか？　あのような悪党をいいくるめることのできる者が……。周りを見たらわかります」

千太郎は、悪戯小僧のように笑う。

「そのお顔を見せられては、断れませんねぇ……」

という具合であった。

最初は、自分にできるかどうか、と思案をしていた由布姫ではあったが、最後は、

「やってみましょう」

悪い奴は懲らしめねばいけません、と目を輝かせたのである。千太郎は、その言葉に、

「頼もしいことだ」

そうして、ふたりはうふふ、と笑い合った……。

とうとう、勘八は、馬頭観音の前に立った。しかし、誰もがそうするように、眉をひそめると、

「これを買えと？」

どう見ても価値があるとは思えぬ仏像が陳列されている。

「お嬢さん、ご冗談を」

勘八は、呆れ顔で由布姫を見つめる。おかしなことをしてくれるな、という顔つきだ。

「あら……これはこう見えても、大変な縁起物なのですよ。そんじょそこらにあるような仏像とは、意味が違います」

由布姫は、それから滔々《とうとう》と、浅草浅草寺の縁起を話し、この仏像がどのような状況で手に入ったのかを、あの手この手で、大げさに、さらに、価値をのせて喋りまくった。

最初は、くだらぬ話だという顔をして聞いていた勘八も、最後のほうは、身を乗り出して、

「そんなに御利益のあるものか……」

じっと馬頭観音を見つめだしたのである。

由布姫、一世一代の大嘘であった。

だが、勘八はそれほどまぬけではなかった。

「それほど御利益があるのを、どうして、ほかの客に勧めねぇんだい？　お嬢さん、なにか狙ってるね」

「……はて、それはどういう意味でしょう」

「ふん、おかしなことを考えているんじゃねぇだろうなぁ」

勘八は、周りを見回しながら、

「どうも、この市はおかしいぜ」

「はて……」

由布姫は、危険を感じて、じりじりと後ろに下がろうとする。だが、いつの間にか、勘八の手下たちに囲まれていた。

それも、さっきまではふたりしかいなかったはずなのに、五人に増えていた。

「どうやら、お買いになられないようなので、ほかのお客さんを探してみます」

囲いを突破しようとする由布姫の前に、勘八は立ちはだかった。

「おっと、ちょっと待ってもらおうか」

「あのぉ……」

さすがに、五人に囲まれて不安の表情が生まれた。

「さっきまでの顔とはまるで違うではないか。やはり、なにか裏があるのだな……なんだ、それは、なにが目的だ！」

大きな声が会場に響く。

その声を聞いて、場内を歩いていた志津が慌てた。

「市之丞さま……」

声が聞こえたほうを振り返り、市之丞は、

「これはいけない」

走りだそうとする。

「あ、ちょっと待ってください」

志津が止めた。その顔は、半分笑っている。

「雪さんが、あのような者たちに簡単に負けるはずがありません。ここでしばらく見ていませんか」

「本気か？」

「それに、助けるのなら、千太郎さんが」

「……それもそうだな」

「私たちは、あの五人の手下たちの動きを止めましょう」

「よし……」

「千太郎さんが後ろに回っています」

市之丞が見ると、確かに千太郎がそろそろと、勘八の手下たちに囲まれている由布姫の後ろに体を寄せていた。

と――。

そのとき、大きな声が聞こえた。

「申し訳ありませんが、この市は、ここでお開きにさせていただきます！　皆様におかれましては、すみやかにお帰りを！」

声は、治右衛門であった……。

七

治右衛門の鉤鼻が、ますます鉤になっているように見えた。由布姫の危機と思って、会場を閉めようとしたのか、それともほかに目的があったのか。

普段からあまり表情を表さない治右衛門である。こんなときだからといって、思いを見せる男ではない。

それまで、陰に隠れてなるべく見つからないようにしていた弥市が、十手をかざして、客たちを追いやっている。

そのために、会場はてんやわんやの大騒ぎになってしまった。

「こらぁ！　そこの壺を持っていこうとしているのは誰だ！　見つけたら、首を切るから覚悟せよ」

叫んだのは、千太郎である。

「そんな人は見当たりませんが？」

市之丞の疑問に、千太郎はにやりとして、

「そういっておけば、誰も盗もうとは思わぬであろう？」

「ははぁ、なるほど」

「頭は使うものだ」

にんまりとする千太郎に、

「ですが、あの雪さんが……」

「わかっておる。心配はいらぬ」

「しかし」

「まぁ、見ておれ」

勘八は、客が引いていくのを、ふんと鼻で笑いながら、

「やはり、俺が目的だったのか」

「はて、なんのことやら」

「いつまでとぼけているんだ。やれ！」

合図で手下のひとりが、由布姫に摑みかかろうとした。

それをあっさりと躱《かわ》した由布姫は、

「やめておいたほうがいいですよ」

さっきまでとは異なり、余裕の顔を見せている。

「てめぇ……何者だい」

勘八は一歩下がって、じっと由布姫を見つめて驚いている。

由布姫は、にっこりと笑みを浮かべると、

「あんたのあこぎなやり方がねぇ、汚いといろいろ文句が出ているんですよ」

「そんなことは知っちゃいねぇ」

「ですから、少々、懲らしめてやれ、といわれましてね」

「……誰がそんなことを」

「天から吹く風ですよ」

「風だと？」

「約束したんです」

「なにをだい」

「この世の悪党を退治するとね」

まるで、千太郎が吐き出しそうな台詞だった。

遠くで聞いていた千太郎は、わっははと笑ってから、

「うまいうまい」

拍手をすると、市之丞と志津も一緒になって手を叩いて喜んでいる。弥市までもが、大喜びだ。

「てめぇたち、全員がぐるだったのかい」

おっと私まで一緒されては困りますなぁ、と治右衛門が勘八と由布姫の間に立った。

「てめぇ、こんなところに呼び出しやがって。招待状が来たときに、おかしな話だと思ったんだ」

「ですから、私は関係ありません。なにか商品を買ってくれるなら、大いに歓迎しますが、いかがなものですかな」

「ふざけるねぇ」

勘八と治右衛門が睨み合った。

普段、あまり感情を見せない治右衛門にしては珍しい。

千太郎は、そんな治右衛門を見て、ニヤニヤしていたが、

「もういいよ、片岡屋さん」

「自分の雇い主を、なんて呼び方をするんです」

怒ったふうを装いながらも、

「そろそろ、芝居の主役を渡すとするか」

治右衛門は、強面の顔をにやりとさせると、幕をくぐって外に出ていった。

「なんでぇあれは……」

しらけた顔で、勘八は治右衛門を目で追っていたが、由布姫がそばにいるのを思い出したらしい。

「まずは、てめぇからだ！」

やれ！　っと手下に声をかける。

だが、誰ひとりとして打ちかかっても、袂ひとつ摑むこともできずに、投げ飛ばされる。

「なにをやってるんだ！」

見かねたのか、少し後ろにいた浪人が、苦々しい顔で前に出た。

「おっと、そこの浪人さん、お待ちなせぇ」

芝居がかった声が聞こえた。

千太郎の声が、浪人のほうに向かって響いた。

浪人は、超然として自分の方向へ歩いてくる千太郎の動きに、目を細めて、

「あれはなんだ？」

由布姫に問う。

「私に訊くとは、そなたもおかしな男であるなぁ」

「そなた？」

浪人は、由布姫をもう一度見つめた。

「お前たちふたりは、なんだ？」

「なんだとは、おかしな物言いですこと」

「普通の侍と商家の娘ではあるまい」

「はてねぇ」

にっこりと微笑んだ由布姫の姿に、浪人は、不愉快そうな顔をする。正体不明なものを見るような目つきであった。

「そのような目で見られても困るではないか」

「その物言いは……」

浪人は、探るように由布姫を見るが、

「おっと、ご浪人、そこまでだ」

千太郎が、そばに来たために詮索はそこで終わる。

すると、いきなり浪人が抜刀して、千太郎に斬りかかった。

「なにをする、そんなことをしたら死ぬではないか」

すぅっと体を斜めにして、その刃を避ける。その、とぼけた千太郎の言葉に、

「やはりな……」

「はぁ試されたか」

「只者ではあるまい」

「私もな、風との約束を果たしにきたのだ」

「愚弄するか！」

「おっと、短気は損気。浪人、名はなんという」

「その尊大な態度が気に入らぬ」

「ほい、それはすまぬが、これは生まれつきでなぁ。もう直せぬのだ。勘弁してくだ

された」

　ちょこんとおじぎをする千太郎に、

「いい加減にせぬか！」

　抜刀したままの剣先を、千太郎の喉仏めがけて、突きを入れた。

　おっとととと、と六方《ろっぽう》を踏みつつ、千太郎は、数歩下がりながら鯉口を切った。

「こうなれば戦うしかあるまいなぁ」

　千太郎の言葉は、周りでじっとふたりを見つめていた手下たちへの合図になってしまったらしい。

「かかれ！」

　手下のなかで、一番大柄な男が由布姫に飛びかかった。それをあっさりと躱した由布姫だったが、後ろから羽交い締めにされてしまう。

　ちょうど逃げたところに敵がいたのだ。

　由布姫の頭が後ろに跳ねた。敵の鼻に後頭部がぶつかり、羽交い締めにしていた男は鼻血を出して悶絶する。

　そこから、敵味方入り乱れての戦いが始まったのである。

　戦いというより、由布姫や市之丞たちに敵対しているのは、ただの破落戸《ごろつき》である。

他所《よそ》から見たら、ただの喧嘩に見えたことだろう。

八

千太郎は、刀を抜いて青眼に構えたまま動かなくなってしまった。敵の浪人は、その姿を見て、少し下がる。

「やはりのぉ……」

小さく呟いているのは、千太郎の構えに隙がないからだ。

「そうだ、まだおぬしの名前を知らぬぞ」

千太郎が問うと、浪人は、ふふんと鼻をひくつかせて、

「……仕方あるまい。下島半十郎《しもじまはんじゅうろう》だ」

「ほう、人間も半人前かな？」

「なにぃ？」

怒りそうになったが、ふと真顔になる。

「その手には乗らぬ……」

千太郎が、わざとそんな台詞を使って下島から平常心を抜き取ろうとしたのだ。そ

れを見破ったということになる。

だが、千太郎の狙いはほかにあった。

見破ったという気持ちに、一瞬の油断が生まれる。その瞬間を狙っていたのだった。

しぇ！

それまでじっとしていたこともあり、動きは突然に見えたことだろう。目視していた姿はまったく動かぬ石像のようであったはずだ。

それが急激に動き始めると、目はその速度についていけない。

「う……」

千太郎の動きは、予見を超えるところにあった。

すすっと前に出て、右に一度避けると見せて、左に肩を斜めにする。

下島の目から、一瞬、千太郎の姿が消えた。

「なに？」

あっという間の早業である。

千太郎は、下島の死角に立って、

「ここだ」

振り向いたときには、下島は肩を撃たれてその場にうずくまっていた。

「峰打ちだ、心配無用……」

「…………」

怒りというより、畏敬の念が下島の目に浮かんでいた。

「どこのどなたか教えていただきたい」

「風の約束を果たすべく、風と共に去っていく……ただの、目利き浪人さ……」

千太郎は、ふふっと息を吐いた。

由布姫と、市之丞のそばには、破落戸たちが寝転がっている。もちろん居眠りをしているわけではない。全員が唸り声を上げながら、動けずにいるのだった。

形勢が不利になったとたんに、逃げ出そうとした勘八は、弥市が十手で脳天を叩きつけて昏倒させてしまっていた。

「親分、ずいぶん乱暴ではないか？」

千太郎の言葉に、弥市は鼻を鳴らし、口を尖らせながら
「庶民の敵はこうしてやるのが一番でさぁ」

最後に、まるい目をぎょろりとさせ、

「さて、次はあの嘘つき職人ですが……」

千太郎は、まぁお手柔らかに、と応じて、

「いま頃は、生きた心地もないかもしれぬなぁ」

由布姫も弥市に微笑みかけ、

「少し大目《おおめ》に見てやってくださいね」

弥市の肩にそっと触れるのであった。

千太郎たちが勘八を懲らしめてから、三日過ぎた。

弥市は、勘八を庶民を苦しめたという名目で捕縛していた。すぐ放免になるかもしれないが、弥市としては、そうでもしなければ気が収まらなかったようである。

「金に困った町人から暴利をむさぼるなど、とんでもねぇ野郎だ」

という気持ちが、弥市を今回の揉め事を解決に導かせていたらしい。

「親分も、顔には似合わず、優しいのですねぇ、見直しました」

志津の言葉が今回の弥市の行動を象徴しているようであった。

「だがなぁ、左五郎についても、あっしはあまりいい気持ちは持っていませんぜ。自分が困ったからといって、あれじゃ騙《かた》りだ」

さらに、弥市の怒りの矛先は、あの二束三文の仏像を天竺で作られたありがたいものだ、などといい加減な作り話をした、専心寺の住職、安観にも向けられていた。

しかも、仏像を彫ったのは、安観だったのである。

困っていた左五郎を助けたい一心だったというのだが、それを知った弥市は、また頭が沸騰した。

しかし、寺には力を振るうことができずに、忸怩《じくじ》たる思いでいたのだが、どうした兼ね合いか、由布姫の肝いりで、

「苦言を呈することくらいなら、許されそうですよ」

と専心寺まで連れて行かれたのである。

なにがどうなっているのか、弥市にはさっぱりわからぬが、

「それはありがてぇ、一言文句をいわねぇと気がすまねぇ」

専心寺に行って、安観に雷を落とすことができたのであった。

本来関わることができない寺社に、町方が入ることができた。その裏話を弥市は訊いたが、知り合いの偉いお侍さまから手を差し伸べてもらったのですと雪は答えた。それ以上は聞けぬ暗黙の了解が、千太郎、市之丞との間にも作られていたのだが……。

「若殿……」

誰もいない片岡屋。

千太郎が寝泊まりをしている離れで市之丞が、その話を持ち出していた。

「ふむ……」

千太郎は、なにもいうな、という顔である。その気持ちを察した市之丞も、黙る。

だが、ふたりの目が絡みあって、

――あれは身分の高い姫……。

そう語り合っているのであった。


そして――。

左五郎の家の前には、人は誰もいなかった。

閑散とした長屋の佇まいは、それが本来の姿なのだろう。だが、その静けさは少し異様である。

それも仕方がない。

左五郎が釣り上げたという仏像について、天竺から流れてきた物という話が、真っ赤な嘘だとばれてしまったからだ。

だが、その日、長屋に少し変わった事が起きていた。

どう見ても、その辺の町医者が乗っているとは思えない駕籠が、左五郎の家の前に止まったのである。

駕籠から出てきたのは、坊主頭の医師である。

額が艶々して、いかにもどこぞの大名を診《み》るような立派な医師であった。

誰がそんな医師を呼んでくれたのか、と長屋から、それに、騙されたと憤っていた連中が、医師の訪問を不思議そうに見ていた。

やがて、医師は出てくると、

「あの薬を毎朝晩、飲ませるのです。そうしたら、少しずつ良くなっていくことでしょう。誰が診立てたのかわかりませんが、不治の病などではありません。栄養の偏りですからご心配なく……」

そういって、また駕籠に乗って消えていった……。

長屋のみんなは、それぞれの部屋から外に出てきて、

「なんだったんだい？　さっきのあれは？」

およそ、こんな場所には来るはずのない医師が来たということで、みんなは興味津々でのぞき見をしていたのだ。

すると、ある男が呟いた。

「やっぱり、あの仏像は、天竺から来たもので、御利益があったんだなぁ。あれは、

嘘じゃなかったんだ」

その台詞に、そうか、そうだったのか、とさざなみがつながるように、みんなの顔が驚きの表情に変化していく。

「ありがたや、ありがたや」

また、さっきの男の声が聞こえた。

そのお経のような言葉は、その場にいる全員に伝播していった。

ひとしきり、唱えた後のこと……。

「ところで、さっきいた、おかしな格好をしたのは誰だったんだい？」

左五郎のとなりのおかみが、不思議そうにみんなに問うが、誰も、そういえばさっきの二枚目の男は、長屋の者じゃなかったなぁ、と顔を見合わせる。

「ひょっとして、観音様の化身だったんじゃねぇのかい？」

「まさか……」

皆は、不思議そうに男のいた場所を見回しているのだった。

長屋から出た徳之助は、したり顔でへっへと笑いながら、

「うまくいったぜ。親分もたまには、いいことをさせてくれるってもんだぜ」

風とくらった徳之助は、にやにやしながら、浅草寺への道を早足で歩く。

「たまには、お参りでもしていくか」

呟いた体に、春の風が通り過ぎた。

第四話　きつねの恩返し

一

桜のつぼみがつき始めていた。

上野のお山では、すでに咲き始めた気の早い桜の木も見つかる。

だが、朝夕はまだ気温は低く、肌寒い。

そのためか、山下にある美術、刀剣、骨董を扱う片岡屋でも、使用人のなかには、風邪を引いて、寝込んでしまった者もいる。

千太郎も同じだった。

鬼の霍乱《かくらん》だろう、と治右衛門はたいして気にも留めていない。

だが、訪ねてきた雪は、心配顔でそばに座っている。

「熱がありそうですね」

「それは、雪さんがいるからであろうなぁ」

「はい？」

よく戯《ざ》れ言《ごと》をいう千太郎である。

雪は一瞬なにをいいたいのか、わからぬ、という顔をしたのだが、

「まぁ、こんなときに、なんてことを」

「こうやって、常に雪さんがそばにいてくれるなら、治らぬほうがよいな」

「ばかなことというのはおやめください」

「はて、ばかなことかな？」

「そんなお世辞には騙されませぬ」

「本気なのだがなぁ」

蒲団から顔だけ出して、千太郎はごほごほ咳き込んだ。

「ほら、心にもないことをいうからです」

一見、ほのぼのとした光景である。

市之丞と志津の姿はない。

どこかでふたりだけで楽しんでいるのだろう。

ごほごほと咳をしている千太郎だが、由布姫はそばにいてもあまり気にしていないらしい。自分は風邪など引かないと自信があるのだ、といいたそうだ。

由布姫は、薬を千太郎に渡しながら、そういえば、と思い出したように話しだした。

「先日、志津から面白い話を聞きました」

「ほう、風邪が吹き飛ぶような話かな」

「さぁどうでしょう」

千太郎の体を起こして抱きかかえた。

千太郎は由布姫にもたれかかりながら、気持ちよさそうだ。

薬を飲み終わると、仕方なさそうにまた蒲団に横になった。

由布姫が話を続ける。

「奥山を歩いているときだったそうです」

「ひとりで？」

「さぁ、わざわざ訊きませんでしたが、おそらく市之丞さんと一緒だったのではありませんか？」

「あの者たちはなにをしておるのか」

「まぁ、いいではありませんか若いのですから」

このふたりとて十分若い。

「ふむ、それで？」

「大道芸人がいるなかに、不思議な幟《のぼり》を立てている浪人がいたと申します」

「私は幽霊です、とでも書いてあったかな」

「まさか。あぁ、でも、似たようなことかもしれません」

「死んだまま立っていたのか？　弁慶だな」

由布姫は、笑みを見せながら、

「私を買ってください、と書いてあったそうです」

「ほほう……」

千太郎は、怪訝な顔をする。

「なにが目的なのか、わからぬ大道芸人ではありませんか？」

「芸ではないな、それなら」

「そうでございましょう。ですから不思議な話だと……」

すると、千太郎が起きだした。

「どうしたのです？」

心配そうに訊ねる由布姫に、

「出かけよう」

「どこにですか、そんな体ではまだ立ち上がるのも無理です」

「奥山のその大道芸人に会ってみたい」

「外に出たら、風邪が悪化します」

「寝ているだけでは、風邪が居座ってしまうであろう。外の空気に触れたら、そっちがいいと、出て行くかもしれぬ」

「そんなばかなことがありますか」

「いいのだ、着替える」

のっそりと起き上がると、千太郎は寝巻きを脱ぎだした。

仕方なく、由布姫はそれを受け取り、そばにあった衣桁から衣服を取って、着替えを手伝った。

「…………」

着替え終わった千太郎が、由布姫をじっと見つめている。

「どうなされました？」

「雪さんは、いい妻になれそうだ」

「……なにをおっしゃるのです」

由布姫は、座ったまま俯《うつむ》いた。

千太郎は、その前にしゃがみ込んで、由布姫の顔を手で挟んで持ち上げると、

「私の目が見えるか？」

「はい？　もちろん」

「なにか、感じぬか」

「は、はて……なにかとは？」

「なにかだ」

「さぁ……」

恥ずかしさに顔を背《そむ》けようとするが、千太郎の手ががっちりと顔を押さえているので、動かすことができない。

仕方なく、目だけを動かし千太郎の目線をはずす。

「なにか、感づいているはずだが？」

その言葉に、由布姫は、はっと息を飲んだ。

「あ……あなた様は……」

「よし、それ以上はいわずともよい」

にこりと千太郎が笑みを浮かべた瞬間、ごほごほと咳をし始めた。

慌てて千太郎の背中をさすり続ける由布姫の顔には、悦びの笑みが浮かんでいた。

二

どうしても使えといわれて、千太郎は雪こと由布姫が使っていた手ぬぐいを首に巻きながら奥山を歩いている。

東両国周辺なら、熊の格好をした芸人や、幽霊の姿で歩くような連中が大勢歩いているから、それほど目立たぬが、さすがに、女物の手ぬぐいを首に巻いている侍には出会うことはない。

由布姫は、最初、嫌がるかと思って使えといったのだが、

「おう、それはうれしい」

千太郎は、あっさりと手にした。その際に、顔に当てて、

「おう、雪さんの匂いがするぞ」

などとんでもないことをいって喜んだから、

「お返しください」

「いま、使えといったばかりではないか」

「そんなおかしなことをしてほしくて、お貸ししたのでありません」

「かたいことをいうてはいかぬなぁ」

結局、押し切られてしまったのだった。

奥山は今日も人出は多く、道端の花などから漂ってくる風も、弥生の香りに包まれている。

春の風が通り過ぎるたびに、砂塵が舞い上がり、由布姫は口を手で押さえ、千太郎は手ぬぐいを当てて、

「ううむ、この風は風邪に悪いのぉ」

などと、たいして笑えぬ冗談を吐いていた。

ごほごほと咳き込み、そのたびに背中を丸めて歩く千太郎に、由布姫は、背中を押さえたり、さすったりしながら歩くのだが、その仕草は、知らぬ者が見たら、まるで妻のように見えるのではないか、と恥ずかしさを感じる。

だが、それがまたどこかくすぐったくもうれしいのだ。

それは、ひとつにはあることに気がついたからだった。

――このかたは、稲月家の若殿、千太郎君に間違いない……。

その確信がついたのである。

いつからか、そんな気持ちが湧いていたのだが、自信はなかった。

そうであればいい、という幻を見ているのではないか、と悶々としていた。先ほどの言葉と態度は、千太郎も自分の身分に気がついている、と示唆したかったに違いない。

つかえていた胸の塊がすとんと下りた。

稲月家の若殿と祝言の前に、気ままに江戸の町を歩いておきたい、と考えての町歩き。

ひょんなところで、自分の名前も、なにもわからぬという千太郎と出会い、いつの頃からか、惹かれるものを感じていた。

しかし、自分は許嫁がいる身。どこの誰かもわからぬ男に心を寄せるなど、とんでもない。その気持ちを抑えよう、としていた。

だが、許嫁と名が同じであること、普段から醸し出される気品ある言葉やら、仕草に、もしかしたら、というかすかな望みを持っていたのである。

——それが、さっき解消された……。

その気持ちは、由布姫をうきうきさせていたのである。

奥山の、人ごみを由布姫は楽しんでいる。

風邪っぴきの千太郎は、そんな余裕はないかもしれないが、一緒にいられるだけでも、楽しい。

「千太郎さま……」

「ふむ……ごほごほ、なんです」

「……いえ、ちょっと呼んでみただけです」

ぐふふふ、とまた咳き込んだ。

「やはり、ご無理だったのでは？」

「心配はいらぬ。雪さんがそばにいる」

千太郎は、由布姫と知っても、雪と呼んでいる。周りにお忍びだとは知られないための配慮だろう。その心配りがまたうれしい。

「男がいる場所は？」

ぼんやりと千太郎とのことを考えていた由布姫は、われに返って、

「五重の塔のあたりということを聞いていましたが……」

ちょうど右手に塔が見えた。

由布姫は、あっちに行ってみましょう、と先に進んだ。千太郎も手ぬぐいで口を押さえながら続いた。

確かに、不思議な幟だった。

幟というよりは、布に自分で書いたのだろう、へたくそな文字が書かれていた。千太郎はそれをじっと見ている。

「なにか気になることでもありますか？」

由布姫が問う。

「いや、へたな字だと思ってな。それに、なにやら買う際の料金が書いてあるようだが、消えていて読めぬではないか」

ぐふぐふと口を押さえたのは、咳ではなくて、笑ったらしい。

「確かに……」

いわれてみたら、下手な字だった。

「これでは、客はつかぬだろう」

「では、私が買いましょう」

「やめたほうがいい」

「あら、どうしてです？」

「第一、なんのためにそんなことを」

「庭掃除でもさせましょう」

「市之丞でも使ったほうがましですよ」

「あら……」

市之丞が、箒を持っている図を想像して、思わず笑みが出た。

「志津も一緒に、ですか？」

「それはいい」

ふたりは顔を合わせて大笑いする。

いま頃、市之丞と志津はくしゃみでもしていることだろう。

「これこれ、そこのおふたりさん」

頭には白鉢巻。白襷に袴は股立《ももだち》を取って、大刀を腰に差している。

千太郎とはそれほど背丈は変わらないが、顔は浅黒く、肩幅も広くがっちりしていて胸板も厚い。一見、剣客のようにも見える。それだけ修行を積んだ証拠といえそうだった。

千太郎は、声がかすれているために、由布姫が答えた。

「なんです？」

「高級そうな格好の浪人と、大店の娘にしてはどこか武家のような雰囲気のあるふたり連れ……妖しきなり」

「おや、自分を買ってくれと街中に立っているような人にいわれる筋合いはないと思いますがねぇ」

「わははは、なるほど」

「なんです、その笑いは」

「見た目と同じで、気が強そうな娘だ」

「大きなお世話です。そなた、名はなんと申す」

由布姫の言葉遣いに、男は目を細めて、

「ほら、その物言いは武家であろう」

ぐふぐふ――。

いきなり千太郎が、浪人の前に出て咳き込み始めた。

「な、なにをする」

「いや、すまぬ、ちと風邪を引いておってなぁ」

「ち……」

浪人は嫌そうな顔で千太郎を睨んだ。

「寄られては困る。うつるではないか」

「いや、私の風邪はうつらぬから安心せよ」

「そんなばかなことがあるか」

「試してみるかな」

千太郎は、どんどんそばに寄っていく。

「こ、これ……寄るなというに」

浪人は慌てて、後ろに下がった。

千太郎は、ぐふふふと笑ったのか咳き込んだのかわからぬ声を上げて、

「おぬし、名はなんという」

「……ふたりして同じように態度が大きい」

苦虫を嚙み潰したような顔で、深山又五郎《みやまたごろう》だと答えた。

「ほう、いい名だな」

「おだてるところが違う」

「ならばなにを褒めようか」

「この腕だ」

そういって、又五郎は竹刀《しない》を取った。

「ふむ……」

静かに青眼に構えた又五郎の姿を見ていた千太郎は、なるほど、と答えた。

「確かに強いらしい」

ふたりがやり取りをしているのに野次馬たちが集まっていることは、千太郎も由布姫も気がつかない。

ふと、後ろを見ると大勢が輪になって、又五郎と千太郎、由布姫のやり取りを楽しそうに見ているではないか。

「千太郎さん……」

慌てて由布姫は、千太郎の袖を引いた。

「もう帰りましょう」

「なぜだな？」

「こんな所で、見世物になってしまっては、あとで大変です」

「私が言い訳してあげるから心配はいらん」

「ですが……」

「よいよい」

千太郎は、屈託なく笑った。その笑顔に由布姫の気持ちは少しは落ち着いたらしい。わかりましたと、答えた。

と――。

野次馬のなかから威勢のよさそうな男が前に出てきた。なにやら大きな屋号のような印が背についている。

千太郎は、男のために場所を空けた。

「おう……やっと私を買ってくれる人が現れたらしい。さて、なにをやればよろしいかな？　なんでもござれだぞ」

職人ふうの男は、三十歳前だろうか。又五郎ほどではないが、肩幅もあり、力仕事をしているような体つきであった。

「買うにはいくらかかるんだい」

職人が訊いた。

「そこに書いてあるのだが、あぁ、消えてしまったか。一回、十六文でどうだな？　安いだろう」

「そんなものでいいのかい」

職人は懐から巾着を出して、

「ほらよ」

銭を渡そうとしたら、又五郎は地面に転がっている竹籠を指さした。それを見て、職人は、また苦笑する。

「銭を入れる籠くれぇ、もっときれいなものにしていればいいだろうに。まぁ、いいや、じゃ、おれは最近、むしゃくしゃしてるんだ、あんたを叩いてもいいんだな」

「戦うのなら、もう十六文だ。ただし、私の体をどこでもいいから叩くことができたら、この金は倍にして返そう」

「……本当だな」

「武士に二言はない」

「け……武士って姿かい」

　また巾着から銭を取り出して、竹籠に投げた。

「おっと……銭を投げるような人間にはろくな者がおらぬと相場は決まっておる。それでは私に勝つことはできぬよ」

「やかましい。奥山の万治《まんじ》を知らねぇな」

「初めてだなぁ。だいたい私は数日前に、江戸に来たばかりだからな。江戸には明るくはないのだよ」

「……万治っていやぁ、このあたりじゃちったぁ知られた男だぁ。覚えておけ」

　万治と名乗った男は、よほど腕っ節に自信があるのだろう。

　千太郎が、由布姫に目で合図をする。

「なんです？」

熱のありそうな目で、又五郎のお手並み拝見と語っていた。由布姫も、はいと答えた。ふたりは万治に呆れているのだ。

「さて、得物《えもの》はどうするな？」

又五郎は、少し下がると腰を下ろして、丸まっていた筵を開いた。そこには匕首《あいくち》や、ら、刀、梶棒に小太刀、熊手まであった。

「好きなものを取っていいぞ」

万治は、それぞれ手に取って試し振りをする。その動きを見ていると、喧嘩だけは慣れているようだ。

よし、といって梶棒を手にした。

「それでいいのかな？」

「十分だぜ」

「それでは、どこからでもどうぞ」

三

　又五郎は、だらりと竹刀を下げている。

「なんだい、その格好は……」

「なに、気にすることはない。こうやったほうが、楽に動けるからだ。思いっきり叩いてもいいのだからな」

「てめぇ……俺を舐めてるな」

　しゅっ、しゅっと二回棍棒を片手で振った。かなりの力である。又五郎はそんな万治の見せつけるような行動を見ても、にこりともせずに、竹刀を右手に持って、だらりと下げた形を変えずにいる。

　万治は、又五郎の周りをぐるぐると回ったり、前進したりといろんな動きをとるが、なかなかかかっていくことができずにいる。

「どうした、臆したか」

　ようやくにやりと頬を歪めた。

「なんだと？」

万治は、侮辱されて顔を真っ赤にしている。

「喧嘩は、そうそう簡単には動きださねぇんだよ」

「ほう、先手を取るほうが勝てるのではないのか？」

「うるせぇ！」

叫びざまに、棍棒を頭の上から叩きつけるように、飛び込んでいった。だが、あっさりと躱した又五郎は、

「そんなへっぴり腰では打てぬよ」

にやりと笑う。万治は、どんどん全身に力が入りだした。

それを見ていた千太郎が、

「これは、ごほ……いかんいかん」

由布姫が驚いて、手を千太郎の腰に添えた。

「違う。違う、私ではない、あの男だ。あんなに体に力が入っていては、素早く動くことはできぬ」

由布姫は、安堵の表情を見せて、

「確かに、といいますより、初めから勝負は決まっているようなものでしょう。町人などあの浪人にとっては、赤子の手を捻るようなものでしょう」

「ごほごほ……そのとおりだ」

万治は、棍棒を両手で持つと、頭の上まで振りかざしたまま前進していく。又五郎は動かない。

「やろう！」

万治が、思いっきり棍棒を振り下ろした。

「おっと……」

眼前で、寸の間に避けた又五郎は、

「まだまだ」

そういいながら、すぅっと万治の右横についた。

「どうした、どうした」

体は柳のごとく柔らかい。

「くそ！　逃げるか」

叫び様に、万治は右横に立っている又五郎に向かって、棍棒を横薙ぎにした。だが、すぐそばにいたはずなのに、届かない。

しだいに、万治の顔に焦りが生まれてきた。

「この野郎！」

はぁはぁと息が荒くなっていく。

「ほらほら、どうしたどうした」

又五郎の動きに万治はついていけない。

「やかましいやい！」

威勢だけはいいのだが、当たる、と思ったらすぐ又五郎の姿は別の場所に移動している。何度かそんなやり取りを続けているうちに、万治は疲れきってしまったらしい。

「終わりかな？　口程でもないのぉ」

その言葉に、万治は最後の力を振り絞った。

「死にやがれ！」

棍棒を体の前で、左右に振りながら突っ込んでいく。

無謀であった。案の定、又五郎は万治の横にピタリと張りついたまま、

「もう、このへんで終わりにしたほうがよさそうだな」

万治の耳元にささやくと、

「では、これで終わり」

と、万治の腰をぽんと突いた。それだけで、万治の体は一間も吹っ飛び、最後はガクリと崩れ落ちてしまったのである。

それを見ていた野次馬が、やんやの喝采をする。

「千太郎さん……」

雪が、なにやら険しい顔つきである。千太郎が、目で返事をすると、

「あの浪人、生意気です」

「ごほごほ……」

「私があの鼻っ柱を折ってみせましょう」

「やめ、ろ……ごほごほ」

「どうしてです？」

「勝ったところで、一文の得にもならぬ」

「お金の問題ではありません」

由布姫の顔は、すでに夜叉のようになっていた。

「そんな無駄なことは……」

また、咳き込んで千太郎は、体を折り曲げる。

だが、由布姫はそれをほうっておいて、一歩前に出た。

「次は私が買います」

目を吊り上げて、前に出た由布姫に、又五郎はにやりとして、

「来ましたな、どう見てもじゃじゃ馬な娘さんだと思っていたが」

「大きなお世話です」

「どういう結果になっても知りませんぞ」

「望むところです」

由布姫は、完全に常軌を逸している。

千太郎は、仕方がない、という顔だが手を出さずに見守っているだけだ。

ふたりは、道の真中まで走り出た。おかげで野次馬たちが、端のほうに追いやられてしまう。

「さぁ、その鼻をへし折ってあげます」

「それをいうなら、私のほうだろう」

又五郎は、薄笑いを見せた。

由布姫は、小太刀を取った右手を前に出し、構える。

ようやくいつもの冷静な由布姫に戻っていた。

それを見て、千太郎はようやく安堵の色を見せる。

――だが、互角か……あるいは……。

千太郎の目には、由布姫が優勢には見えなかった。

それほど、又五郎は強い。

勢いだけでは勝てる相手ではないだろう、と千太郎は観ているのだった。

だが、由布姫がぴたりと構えた姿を見て、又五郎の顔からも冷笑が消えた。

「く……いうだけあって、できるらしい」

だが、それは挑発だ。由布姫はのらなかった。

右手を前に出したまま、じりじりと前進していく。

又五郎は、それに合わせて少しずつ左に旋回する。その動きを追うようにして、由布姫は、さっと左に寄った。

それを又五郎は、またまた逃げるように回り込んだ。

由布姫は、また追いかける。

なかなかじっくりと対峙することがないふたりは、忙しく、由布姫が追いかけ、又五郎が逃げる、という構図を続けていた。

野次馬から見ると、まったくつまらない戦いだろう。

だが、千太郎は唸っている。

——あの男、その辺にいるただの剣客ではなさそうだ……。

不思議なたたずまいを感じるのだ。

それも、ただの妖しさではない、悪事の匂いを感じる。

大道芸人という姿はしているが、なにか目的があるのではないか、と千太郎は心の内で感じていた。

又五郎は、じっと由布姫の構えを見ながら、自分からは仕掛けない。

自分を買った相手なのだからだろう。だが、それが由布姫に焦りを生ませていたのだ。相手が仕掛けてくる間合いを計ることができないからだ。

仕掛けは常に自分からである。それでは、敵の動きを読むことができない。

由布姫の心のなかに、小さな焦りの小波《さざなみ》が生まれていた。

千太郎は、それをしっかり読んでいた。

——これはいかん。このままでは雪さんが負ける。

咳は先ほどよりは収まっている。

「あいや、その勝負、私が預かろう」

前に出て叫んだ。

野次馬たちから不満の声が上がったが、無視をする。

又五郎が、不服そうにだらりと下げた竹刀を揺らしながら、

「おぬし、どうして邪魔をするのだ」

「このまま続けても、いたずらに間を取るだけであろうと思うてな」

由布姫が不満の声を上げないのは、自分でも持てあまし気味になっていたからだろう。

だが、又五郎はなかなか得心せずに、由布姫を挑発する。

「じゃじゃ馬さん、どうするんだね？　尻尾を巻いて逃げ出すのか」

「なんですって！」

由布姫が、目くじらを立てようとするのを、千太郎が押さえて、

「ここは、引いたほうがいい。こんなことはひとつも益にならぬ」

確かにそうだろう、と由布姫も内心では認めているのだが、ここまで来て引くのも、忸怩たるものがあるのだ。

「気持ちはわかるが、あまり目立つのもよくない」

千太郎の言葉に、ようやく由布姫も小太刀を引いた。

四

又五郎の前から離れた千太郎は、風邪をこじらせてはいけない、という由布姫の言

葉を聞いて大人しく片岡屋に戻った。

片岡屋には、市之丞と志津が待っていた。

いままで、奥山にいたという話をすると、市之丞と志津は、目を輝かせて、

「あの者に会いましたか」

「あぁ、会ってきた。あれはおかしな男だな」

外を出歩いたことで、元気が出たのだろうか、千太郎が答えた。

「そうでしょうそうでしょう、あれは、確かにおかしな男です。なにを考えて、あんなことを始めたものやら」

「それもあるが、もっとおかしなことは、あれだけの腕を持っているのに、仕官をしようという気持ちはまるでなさそうだ、ということだ」

「ははぁ……なるほど」

市之丞が、手が冷えているのか擦り続けながら、

「それほどの腕を持っていましたか……ということは、戦ってきたということですか？」

呆れ顔をする。

「私ではない、雪さんだ」

えぇ！　と目を丸くしたのは、志津であった。

「なんてことを！　もしものことがあったらどうするのですか！　そんなことになったら私が切腹をしなければいけません」

大げさな、と由布姫は笑うが志津にしてみたら、そのくらい危険な話である。

「なんのために、私がお付きで歩いているのかわからなくなります。今後はそのようなことはお控えください」

わかったわかった、千太郎さんにも同じように叱られました、と由布姫は謝り続けながらも、

「それにしても、あの深山又五郎という男が遣う剣は、邪剣でした。ただ逃げ惑っているように見えて、こちらを見ている目つきは、蛇のようでした……いま考えたら、とんでもない男を相手にしたと思ってますが……」

千太郎がその言葉に、頷きながら、

「確かにおかしい。市さんよ」

「はい？」

「少し調べてきてくれ。あの者はどこから来たのか、前はどこぞに仕官していたのか、など。弥市に手伝ってもらえ」

「いえ……」

「なんだ？」

市之丞は少し口淀んだが、

「志津さんに手伝ってもらいます」

「それはいかぬ」

千太郎は、急にゴホゴホやりだした。

「なぜです？」

「雪さんのことを考えるんだ」

「では、雪さんのことは千太郎さんが守ってあげていればいいではありませんか。私たちは二人でお互いを守ります」

恥ずかしげもなく、そんな台詞を吐き出す市之丞に、千太郎は大きくため息をついて、

「お前……そうはいかぬであろう？」

どうしてか、という目つきをするが、

「わかりました。では、弥市親分と一緒に探ってみます」

市之丞はようやく頷き、志津を見た。

「私のことはご心配なく……」

志津は微笑んだ。

「では、志津、今日はこれで帰りましょう。千太郎さん、風邪をこじらせてはいけませんからね。お薬をしっかり飲むのですよ」

まるで、姉のようないいかたをする由布姫に、千太郎は苦笑いをしながらも、わかったわかった、と答えた。

市之丞も、弥市親分を探しに、山之宿へ行くといって出ていった。

千太郎はまだ本調子ではない。皆が帰ってから倒れるように、布団のなかに潜り込んでしまった。

市之丞は、山之宿へ行く前に奥山に寄ってみようと思った。千太郎と由布姫が見抜いた、あの男は妖しい、という言葉を確かめたかったのだ。

前回、その男を見たときは、ただ通り過ぎただけだった。しげしげとは見ていなかったのである。

なにか秘密があるのかもしれない。

あんな場所に立って、自分を買ってくれなどというには、ただの金のためだけとは思えない。

食い詰めたあげく、仕方なくそんなことをしたというのなら、もう少し衣服や格好が崩れていてもおかしくはないだろう。

千太郎が妖しいと睨んだその裏を探ってみたい、と考えたからである。

しかし、意外なことが起きていた。

あの浪人が立っている場所に行っても、誰もいないのだ。

周辺に出ている竹細工を売っている露店の男に話を聞いてみると、

「つい半刻前に誰かに連れて行かれましたよ」

という返事。

相手の素性を訊いても、よくわからない、という。

市之丞は、首を傾げながら、

「どんなことでもいいから、思い出してくれぬか。その連れて行った者は男か女か」

「男でした。町人とも見えませんでした。といって侍ではありません」

「……というと、医師、あるいは按摩か？」

「ううむ……」

自分で作った竹細工を売っているというその男は、唸りながら、記憶を辿っていた

が、

「そういえば、一緒にいた娘がいたのですが、なにやら朱色の袴を履いていたなぁ……あぁ、あれは神社にいる巫女《みこ》さんに似ていた」

「巫女さんに？」

はい、と男は答えた。

「話をしていた内容はわからぬかなぁ？」

「そうですねぇ、用心棒がどうのこうのといってたような気がします」

そうか、と市之丞は頷いた。

若い娘で朱色の袴を穿いているとしたら珍しい。普通の娘ではないだろう。おそらく巫女さんだという言葉は的を射ている。

「というと、その男はどこぞの神官ということになるが、顔を見たことは？」

「さぁねぇ。そこまでは……」

男は、申し訳なさそうに首をうなだれた。

「いやいや、そんな顔をされてはこちらが困る。いろいろためになった。すまぬ」

そういって、市之丞は竹細工屋から離れた。

深山又五郎という男をここから連れて行ったのが、神官だとしたら、なにが目的なのだろうか？

――そうか、用心棒だな……。

江戸は物騒である。

大店だけではなく、神社仏閣の金すら狙われたという話をよく聞いている。その神官は用心棒として、又五郎を雇ったのではないかと推測した。

そうなると又五郎は、そうやって用心棒の仕事をつかむために、あんな馬鹿なことをしていたのだろうか？

その思惑は成功したということになるのだろうか？

市之丞は自問しながら山之宿に向かった。

近所の自身番に寄ってみると、ちょうどいま出ていったところだと町役が答えてくれた。

「池之端のほうに向かっていましたよ」

その言葉に市之丞は、慌てて追いかける。

池之端から不忍池に向かう途中で、肩を怒らせて歩いている弥市の後ろ姿を捉えることができた。

後ろから声をかけると、弥市が振り向いた。

こんな所で自分を呼び捨てにする野郎は誰だ、というような目つきでこちらを見ている。

市之丞は、笑いながらそばに寄った。

「なんでぇ、こんな所まで来るのはなにかあるんだな？」

例の口を尖らせる仕草で訊いた。

「ちょっと手伝ってもらいたいことができてなぁ」

「ダメダメ。いまは、忙しい」

「なにか事件でも？」

「あぁ、根岸で寮が襲われたんだ」

「誰の寮が？」

「それをこれから調べに行くんだ。忙しいんでね、これで失礼します」

弥市は、ろくに市之丞の話も聞かずに、池之端の通りを走って行く。

後ろ姿を見ながら、これはひとりで探ることになるのか、と市之丞はひとりごちた。

それならそれでも構わない。

いつも、千太郎に馬鹿にされているのだ、こんなときこそ、ひとりで皆をあっといわせてやる、と微笑んだ。

とはいえ、どこから手をつけたらいいのか、良い策は浮かばない。神官で近頃用心棒を雇ったところを探せばいいのだろう、と決心するが、江戸には神社仏閣は、星の数ほどある。

それをかたっぱしから聞き出すのは、至難の技だ。

と――。

さっき離れていった弥市が、早足で戻ってきた。

「どうしたのだ？」

「一緒に行きますかい？」

「え？」

「いや、こっちの事件のこともまぁ、話などしながら、市之丞さんの話も聞いてあげようかと思ってなぁ」

ははぁ……と市之丞は気がついた。

「千太郎さんの知恵が欲しいのだな？」

「なにをいうんですかい。そんな姑息《こそく》な考えはねぇですよ」

「まぁ、いいだろう。では、根岸まで付き合うことにしよう」

市之丞としても、弥市の顔を使って聞き込みをしたほうが早い。岡っ引き同士の繋がりで噂を仕入れることもできる。

お互い、一石二鳥だろう。

根岸に着く前に、市之丞は深山又五郎の話を弥市に語った。

「なるほど、だけど、相手が神官ではあっしは手が出せねぇ」

「気にするな、なんとかする」

「そんなことをいっても……」

そこまでいって、弥市は気がついた。

前回の事件では、寺社の仕事なはずだが、町方の自分が捕縛することができた。ということは、今回もあまり気にする必要はないのかもしれない。

どこでどんな妖かしの手を使ったのかわからぬが、どうやら雪と千太郎には後ろに大物が控えているらしい……。

弥市は、そこまで考えて、手を貸そうと答えた。

五

根岸の寮というのは、深川の材木問屋、伊勢屋義介《ぎすけ》のものだった。普段は、妾のおさきがいるとのことだったが、その日は、たまたま親の家に遊びに行っていて留守だった。

いたのは、寮番の太吉《たきち》という五十歳になる男だけだった。

寮番は無残にも殺されていた。

災難としかいいようがないのだが、その話を聞いて、市之丞は、首を傾げた。

「なんだい、なにか不審なことでも？」

弥市が、集まっている野次馬たちを十手を振り回して追い払いながら、訊いた。

「どうして、そんな偶然があるんだ？」

「それは、たまたまということだってあるだろう」

「普段は、女がいるのだろう？」

「あぁ、そういう話だ」

「……まぁ、女ひとりだけいても、押し込むには邪魔になるほどのことはないかもしれんがなぁ」

「そういうことだ」

「しかし、解《げ》せぬ」

市之丞は、なかなか得心できないらしい。

「殺されたその寮番の遺骸は、どこにある？」

あっちだ、といって弥市は、市之丞を案内する。

死骸の上には、筵が被されていた。足が出ているところから見ると、けっこう大柄な男だったらしい。市之丞は、筵を開いて、ていねいに死骸の傷を調べた。

首筋を一閃されていた。

「これは、鮮やかな」

「そうなんですかい？」

「生半可な腕ではこれだけの傷はできぬ」

弥市は、へぇという顔をするが、あまり興味は湧かないらしい。

「調べは誰がやっているのだ」

北町の、真鍋柿之進《まなべかきのしん》さまですがねぇ、まぁ、あの人の調べはいつもいい加減なものですから……」

「この傷を見たら、かなり剣術修業をしたものだとわかるはずだが」

「そんな話はこれっぽっちも出ませんでした」

真鍋という同心はあまり、熱心に事件を調べるような人ではない、といいたそうな顔をする。

「そんな同心が中心になっているのでは、解決はむずかしかろう」

「そういわれましても、あっしにはどうしようもねぇ」

弥市は、諦めたような顔をするものの、

「ですから、こんなあっしが手柄を立てるには、いい機会なんです」

「なるほど」

市之丞は、頷くが、江戸の剣術道場を調べたほうがいいのではないか、と弥市の顔を見る。

「そんなことをしたらどれだけ月日がかかるか知れたものじゃねぇでしょう。もっとこう、あっさりと捕まえることができそうな手はありませんかい?」

「虫のいいことをいうな」

へっへ、と笑いながら、弥市は、

「やはり、あの殿さまにご出馬願いますかね」

市之丞は、殿さまという言葉に、はっとするが、弥市がいうのは、旗本のご大身にいうようなものだ、と胸を撫でおろし、

「千太郎さんはいま風邪を引いておるからな、あまり当てにはならぬぞ」

「へぇ、あのかたがねぇ」

薄笑いをする弥市に、市之丞もそう思うだろう、と目を合わせた。

「まぁ、あのかたも人の子だということだ」

ふたりで笑いながら、

「しかし、そんなときに事件を持ち込んでいいものですかねぇ」

「あの人は、おかしな話が大好きだから、気にすることはないだろう」

「さいですか」

弥市は、口を尖らせながら、そういえば、と市之丞を見つめる。

「あっしにどんな話だったんです？」

「おうそれだ、それ……」

市之丞は、ようやく本題に入るのだった。


話を聞き終わった弥市は、おかしな話があるもんだ、と呟いた。

奥山には、少々変な連中が集まってくるのは確かだが、自分を買ってくれという男が出たという話はいまだかつて聞いたことがない。

「旦那、その話はおかしくはねぇですかい？」

「なにがだ」

「買ってくれといって、いざとなったら戦え、というんでしょう」

「確かに、看板に偽りありありだな」

市之丞は、笑う。

「それだけではありませんや。戦うのなら、もう十六文出せ、なんてぇのは、詐欺みてぇなものでしょう」

「客たちは、又五郎をなんとか打ち破ろうとするからな。気持ちはそっちにいってしまって、正しく判断する力がなくなっていたのだろう」

「そこが、本格的な騙《かた》りの仕業ですよ。うまく客の気持ちを取り込んでいるんだ。これは素人じゃありませんぜ」

弥市の言葉を聞いて、なるほど、と市之丞も頷く。

「まぁ、神官が用心棒を雇うなんてえのはあまり聞いたことがねぇ。すぐわかると思います。寺社のことにも詳しい岡っ引きに訊いてみましょう」

市之丞は、頼む、と頭を下げた。

深山又五郎が用心棒として働きだした神社の名は直ぐに判明した。

土地のご用聞きの噂を聞いたからだった。

奥山で大道芸を売っていた男が用心棒になったと評判を呼んでいたからである。ついでに、参拝客も増え、ちょっとした人気の場所になっているという話だ。

神官は、それを最初から当て込んでいた節もあった。それまではあまり人気がなく、参拝客もちらほらとしか見なかったのだ。

その話を聞いた千太郎は、世のなかにはいろいろ考える者がいるなぁ、とようやく治りかけた鼻声で答えた。

その話を聞いて由布姫がいきり立った。

ぜひ、その神社に行って、あの者がどんな顔をしているのか、見てみたい、といいだしたのだった。

志津は、そんな物見遊山のような気持ちは捨てたほうがいい、と諭したが、千太郎がその話に乗ってしまったから、大変である。

それみなさい、と由布姫は喜んだ。

さっそく鼻声の千太郎と由布姫、そして市之丞、志津の四人がその神社にお参りに行くことにしたのである。

その神社は、芝口一丁目にある、芝稲荷という神社だった。

近所には飯倉神明宮があり、そこから奥に入ると三縁山増上寺。さらに、飯倉茅天神。ほかにもその周辺の一角は寺社で埋めつくされている。

そのせいか、町家と同じ程度の境内しかない芝稲荷にまで足を伸ばす参拝客は、ほとんどいなかった。

そこに奥山から不思議な浪人が用心棒に入ったという話は、物見高い江戸っ子の興味を引いたのだろう。

小さな境内は、まるで宮地芝居を開催しているような賑わいである。

それというのも、そこで深山又五郎が、例の幟をはためかせて、

「さぁ、お立会い、どんな人でもお相手するから、どこからでも打ちかかってきてくれ」

と口上を述べているからである。

「これは用心棒というよりは、人寄せの大道芸ではないか」

白鉢巻に、白襷。袴の股立ちを取って立っている姿は、ほとんど奥山と変わりはなかった。

「ここの神官は、まったくなにを考えてこんなことをやらせているのだ」

市之丞は、憤慨しているが、

「そんなことをいうたら、奥山とてあそこは、浅草寺の境内ではないか。同じことを

やってるにすぎまい」

千太郎は、そういって笑った。

市之丞は、それはそうですが、と不服そうだが志津に諭されて、静かになる。それを見て厳禁な男だ、と千太郎は笑った。

そんなやり取りをしているうちに、芝稲荷に着いた。

芝の神明宮からの帰りなのか、それとも増上寺の参拝のあとなのか、芝口から宇田川町に続く通りには人が溢れていた。

芝稲荷は、小さな神社である。町のなかにはたくさんの稲荷社が立っているが、それに毛が生えた程度の広さしかない。

それでも、人が溢れているのは、深山又五郎を見たくて集まっている連中だった。

ここでは、私を買ってくださいとは書いてはいないが、

「私に勝ってください」

と書いた幟を掲げているのは、ご愛嬌である。

その文言を読んだ市之丞は、また憤慨しているが、千太郎は大笑いをしながら、

「やぁ、又ちゃん、また会ったなぁ」

と近づいていった。

又五郎は、嫌そうな顔で千太郎を迎えた。

「今度は、おぬしが戦うのかな？」

「いや、私はそんなことはせぬ」

「……おぬしは誰だ？」

「はて……どういう意味であるかな？」

いや、いいといって又五郎は、千太郎から目を放して、客たちに声をかけ始めた。

千太郎たちを無視しようという気らしい。

市之丞は、こんな男が雪さんを手玉に取ったというのは信じられない、とぶつぶついい続けていたが、客のひとりが棍棒を持って戦い始めた姿を見て、これは、と目を瞠《みは》る。

「なるほど……」

ようやく市之丞も、この男の腕を認めたらしい。だからといって又五郎に対する気持ちを変えたわけではない。

客は負けたが、又五郎が戦ってくれたお礼に、どうぞ奥でお食事を用意してあります、という。

そばにいた巫女さんが、奥へと招待する。

見ていると、どんな相手でも奥へと呼ぶわけではなさそうだった。恰幅が良く、見た目金持ちの旦那らしき人だけである。

そんな旦那衆から寄付金でも巻き上げようとでもしているのかもしれない。

そんな笑いを誘う話にも、由布姫だけは浮かぬ顔をしていた。

「雪さん……どうした」

「変ですよ、あの男……」

「それは変でしょうよ」

市之丞が至極当たり前だ、という顔をする。

「そうではありません……」

「なんです？」

市之丞が問う。

「なにか、浅草の奥山にいたときとは、なんとなく雰囲気が違うのです」

「それはどういうことです？」

志津が訊いた。

「わかりません……」

由布姫自身もはっきりした変化を摑んでいるわけではなさそうだが、なにかが違う、というのだった。

六

翌日、弥市が片岡屋に来て、こんな話をした。

根岸の寮に押し入った後、逃げるところを見ていた者がいて、なんと狐の面を被っていたというのである。

襲ったのは、数人ではっきり人数はわからないが、その頭目らしき男が、狐の面をしていたらしい。

寮の持ち主、伊勢屋義介は、奥山であの深山と戦っていたという聞き込みがあった。

そして――。

弥市親分が片岡屋に来てから二日後、芝神明町の米問屋が襲われた。そのときも、賊のひとりは狐の面を被っていた、というのだった。

米問屋の、丸屋善右衛門《ぜんえもん》は、千太郎と由布姫たちが、芝稲荷に行ったとき、又五郎と戦った男で、奥座敷に招待された男だった。

片岡屋の離れに集まった千太郎を筆頭に、雪こと由布姫、市之丞、志津、そして弥市は、この事件にはあの奥山の男が関わっているのではないか、と話をしていたのである。

千太郎は、それを確かめようと皆の顔を見回してから、

「親分、徳之助はいまはなにをしておる」

「さぁねぇ、近頃はあまり仕事をしていねぇようです。決まった給金を払っているわけではねぇですから、それも仕方がありませんが」

「すぐ呼んでくれ」

「なにか調べさせるんですかい」

「違う、大店の主人になってもらう」

「あの下品な女癖の悪い野郎が？」

「品格などどうでもよい。とにかく金を持っているどこぞの大店の主人になりすましてもらう。ついでに、あの芝稲荷に行って、又五郎と戦ってもらうのだ」

「ははぁ……」

それで弥市だけでなく、由布姫たちも千太郎がなにを狙っているのか、気がついた。

「やはり、あの又五郎が狐？」

由布姫が訊いた。

「まだわからぬがなぁ。その公算は大きい。よしんば違ったとしても、なにか関わりを持っていることは間違いないと思うのだが、雪さんはどうかな？」

「あのときなにかしっくり来なかったのは、そんな裏の顔を見たからでしょうか」

「そうかもしれぬな」

千太郎は頷いた。

弥市は、徳之助を呼んで来た後、それからどうしたらいいのかと問う。千太郎は、由布姫を見つめた。

「雪さん」

由布姫は、胸をポンと叩いて、

「わかっています。徳之助さんを大店の主人に仕立て上げる算段をすればいいのですね」

「さすが、私の雪さんだ」

こんなところで、のろけねぇでくださいよ、という弥市の言葉に皆が笑う。およそ賊を引っ掛けようとする話し合いには見えない。

「でも、はたして奴にそんな仕事が務まりますかねぇ」

「心配あるまい。巫女さん好きな大店の主人になりすましたら、それでいいのだからな」

その千太郎の言葉に、また全員の顔がほころんだ。

「で、わたしたちはなにをすればいいのです？」

志津が、自分もなにか手助けをしたい、という顔をした。

「そうだなぁ志津さんは、顔を覚えられてはいないはずだから……徳之助の女房役でもやってもらおうか」

「なんですって！」

市之丞が、とんでもない、というような顔をするが、志津がこれはただのお遊びではありませんか、と笑った。

市之丞も、しぶしぶ、

「それなら仕方ない……ですが、私の役がありません」

「お前は、あとで活躍してもらわねばいかぬのだから、せいぜい体を鍛え直しておけ」

「はて、それは私が修行を怠けているということでありますか？」

「そんなことはいうておらぬ」

市之丞は、鼻をふくらませて不服そうな顔をしている。

「そのように、なんでもかんでも目くじらを立てるものではない。のぉ、志津さん」

はい、と志津は応じた。

それを見て、市之丞もわかりました、と素直である。

「まったく志津さんと出会ってから、お前は変わったのぉ。まるで、猫ではないか」

「これはしたり」

また不服を述べたそうな顔になった。

「もうよい」

千太郎は、手を振って黙れと面倒くさそうにため息をついた。


それからの由布姫の動きは早かった。

まずは、弥市が連れてきた徳之助を見て、

「あなたはそれほど太っていませんからねぇ、どんな商売がいいでしょうかねぇ……食べ物屋はだめですね、職人ふうにも見えないし……」

結局、徳之助はなよなよしているということで、女を相手にしている呉服屋が一番いいだろう、ということになった。

それなら自分でもなんとか誤魔化すことができそうだ、と徳之助も楽しそうだ。弥

市はそんな徳之助を見て、

「日頃の女たらしが役に立ったな」

と辛辣なことをいうが、

「こういう日が来るのを待っていたんでさぁ」

と徳之助も負けてはいない。

その日が来た。

朝の雨は、芝稲荷の鳥居を叩きつけ、本堂の屋根を洗い流した。境内にはところどころに水たまりができていたが、それでも深山又五郎は、幟を立てて立っている。

そこにふらふらと迷い込んだ、という様子で徳之助と志津が境内に踏み込んだ。

徳之助は、じっと幟を読むと、

「これはどういう意味ですかな？」

と怪訝な目をした。

又五郎は、まったく疑わずに、

「ここに書いてあるとおりです」

と笑ったが、その笑いはどこか徳之助を図っているように感じる。

――これは、ばれたのか？

そう思わせるような、又五郎の射るような目つきである。密偵とはいえ徳之助はしょせん素人である。

ここでよけいなことを喋ったほうが墓穴を掘ると思った徳之助は、

「つまらぬな……志津、帰りますよ」

踵《きびす》を返そうとしたそのとき、

「お待ちください。御利益のある戦いをしてみませんかな？」

又五郎から声がかかったのだ。

「戦い？」

「そうです、私との戦いです」

「はて、なんの御利益があると？」

「それは、そのかたが持つ力ですから」

うまい逃げをする。

「ほほう……」

うかつに乗っていいのかどうか……。

徳之助は、慎重に応対を続けた。

まだ疑いが解けているかどうか判断がつかないのだ。もっとも、疑われているかどうかもわからぬのだが。

「しかし、私は戦いは嫌いだ……」

「いやいや、少しだけでいいのです」

「どうして私に？」

「お見受けしたところ、あなた様はどうやら女性でいろいろ苦労をしている様子が見えております」

その言葉に徳之助は苦笑する。

「ほう、その卦《け》が出てますかな」

「人相に出ておりますなぁ」

「あなたは、観相を見るのですか？」

「……いろんな人を見てますからなぁ」

屈託なさそうに笑うのだが、その瞳の奥からは、なにかどす黒いものを感じて、徳之助は肩をすぼめる。

「……では、その昔の女の妖かしなどを払うことができるのですかな？」

徳之助は、すっかり商人の旦那になりきっている。

「それは間違いなく」

「ほう……では、おいくらを？」

「それは、ご自分でお決めいただくことになっているので、私からはいえません。そのかたの因果を落とすには、どのくらい必要なのか、それはご自身で判断をしていただくことになっております」

上手いことをいうものだ……。

では、といって徳之助は懐から財布を取り出した。

「こんなものでよろしいか？」

差し出したのは、小判が三枚であった。

さすがに、又五郎は目を瞠る。

「なんとこれはこれは……」

あっという間に懐にそれを入れて、

「こちらから得物を、お取りください」

長床几《しょうぎ》の上に並べてある木刀やら、棍棒などを指し示した。

では、これをといって徳之助は、六尺棒をつかんだ。

「こんなものを持ったことがないので、どう扱ったらいいのかわかりませんが……」

「私と手合わせをするだけでいいのです」

又五郎は、いいかもがやってきたと考えているのが見え見えである。徳之助は、そんなことには気がついていないふうを装う。

「いざ……」

今日の又五郎は、竹刀ではなかった。

「それはなにかな?」

不思議な棒である。

「これは神官殿が作ったものです」

まっすぐには伸びてない。

「曲がっていますなぁ」

「これは人の一生を現しています」

「紆余曲折があるということですか」

「そういうことです」

では、どうぞといいながら、又五郎はだらりと棒を下げている。この構えは奥山のときと変わりない。

だが、そんなことは徳之助には、どうでもいいことだ。なにしろ剣術など習ったことはない。

喧嘩も嫌いときている。

そのへっぴり腰に又五郎は、薄ら笑いすらしている。

「いざ……さぁ、どこからでも」

そうはいわれても、どうしたらいいのか徳之助は動けない。又五郎は、これでは相手にならないと思ったのか、

「いざ……」

といいながら、あからさまな隙を作った。

体を斜めにして、目線を外したのである。

「やぁ！」

それにつられて、徳之助は思いきって打ち込んだ。

だが、あっさり躱されてしまう。

又五郎は、それでも遠慮をしているのだろう、思いっきりは打ってこない。やさしく、ぽんと徳之助の肩を叩いただけである。

「これで、あなた様はこれまでの因果を落とすことができました……」

いつの間に来ていたのか、

「こちらへどうぞ」

巫女さんがそばに寄ってきた。

「奥様もどうぞご一緒に」

はい、と志津は答えたが、こんな場を市之丞が見ていたら、どんなことになるかと微笑むと、

「おう、ご新造の笑顔は素敵です」

又五郎がおだてた。

徳之助と志津は、本殿にあがった。

七

「徳之助、志津さんによけいなことはしておらぬだろうな」

「なんです、よけいなこととは？」

「たとえば……手を握るとかだ」

「まさか……そんな暇がありますか」

ふむ……それならいい、と答えたのは、市之丞である。

いま、千太郎を軸として、由布姫、市之丞、弥市、そして徳之助は、ある店の奥に

隠れているのである。

山下から少し南へ進んで、三橋《みはし》を過ぎ、広小路からさらに下がると、御成街道に出る。その一角に、徳之屋という呉服屋がある。

じつはこの店、本当の名も徳之屋という呉服屋であり、由布姫とは懇意にしている店であった。

主人の名は徳次郎《とくじろう》といった。

徳之助をそこの店の主人として、芝稲荷に送り込んだのである。

由布姫は主人の徳次郎に頼み込んで、数日、主人を替わってくれないか、と頼み込んだ。

又五郎は、徳之助をすっかり徳之屋の主人と思い込んだらしい。又五郎が、江戸に詳しければこの店の主人は、徳之助ではなく、徳次郎という初老の男だと知っていたことだろう。

幸いに、又五郎は江戸の育ちでもない。江戸の町に詳しくはないと聞いていたからできた策であった。

あの日、徳之助と志津のふたりは、本殿の奥座敷に連れて行かれた。そこにいたのは、神官ではなく、又五郎だけであった。

神官はなにやらの集まりがあるので、失礼するという話であった。そこで、又五郎はいろいろと徳之助に、店の場所やら商売の話などを詳しく訊いてきた。

どうしてそんなことを訊くのかと問うと、

「長のお付き合いを願うためには、知っておくことが大事なのです。それが、今後の運気に大きな影響をあたえるのです」

まことしやかに答えたのであった。

徳之助は、女に困ったという話を大げさに語った。

となりで聞いていた志津は、心のなかで大笑いをしていたという。

その話しぶりはまさに、女に騙され続けてきた大店の若主人という体《てい》であったというのだった。

店の内実の話をしているとき、それを聞いている又五郎の目はらんらんと輝いていた。本人はそれに気がついていたのかどうか。

もし、気がつかれたときには、なにかほかの言い訳を用意していたのだろう。又五郎はそのくらい周到な匂いを発していた。

徳之助は、長年の密偵の勘から、

――これは、確実に押し込みをする気だ。

と睨んだ。

その話を千太郎に告げる。

千太郎は、即座に由布姫に頼んだことを実行した。それが、この徳之屋なのであった。

いつ、どんな刻限に押し込んでくるのか、それはまったく予測はつかない。そのために、毎夜、千太郎たちは詰めなければならなかった。

今日も、千太郎を筆頭に、市之丞たちが寝ずの番をしていた。

弥市は、根岸の事件を調べている真鍋柿之進に相談をしたところ、いつ襲ってくるのかもわからぬ話に乗るわけにはいかぬ、と一蹴された。

その代わり、好きに捕縛しても構わない、という言質《げんち》をもらっていたのである。

「まったくやる気のねぇお人で」

弥市は嘆くが、そのおかげでこうやって、全員が潜んでいることができるのだから文句はいえない。

春が近いとはいえ、夜は冷える。

千太郎は、風邪がぶり返したら困るといって、由布姫の手ぬぐいをまた首に巻いている。由布姫は、それはやめてくださいと頼むのだが、これでよくなったのだから、いいのだ、と千太郎は、笑う。

途中から、由布姫も諦めてしまったらしい。

すでに子《ね》の刻（午前零時）になる頃合い。

今日も、もう襲ってはこないだろうと、解散しようとしたそのときだった、

「なにか物音が聞こえませんでしたか？」

「確かに聞こえた」

市之丞と千太郎が言葉を交わした。

とんとん――。

大戸を外から叩く音が聞こえた。

「来ました……」

市之丞が呟いた。

「どうやって入るつもりだ？」

弥市が十手を取り出した。

この刻限は、木戸番が夜警に出る頃でもある。それにあわせて戸を叩いている、と考えることができる。

とんとん、という音がふたたび聞こえてきた。さらに、もしお願いいたします、と

いう声……。

「女の声だ」

「あれは巫女さんではありませんか？」

志津が小首を傾げながらいう。

「確かにそうかもしれねぇ」

徳之助が応じた。

「誰か出たほうがよくはありませんか？」

由布姫の言葉に、志津が出ていくことにした。

いきなり店のご新造が出ていくというのは無理のある話だが、この際、そんな心配はしていられない。

志津は潜戸《くぐりど》の前で、どちら様ですか、と訊いた。さらに、木戸番さん？　と付け足す。そうしたほうが、先方も反応がしやすいだろうと考えた上だった。

敵は志津の言葉にまんまと乗ってきた。

「そうです、そうです。ちょっと気になることがありまして……さっき、こちらの裏で付け火の疑いがありましたもので」

火事が一番不安を呼ぶ。

その感情を利用しているのだろう。

「それは大変、お待ちください」

慌てたふうを装って、志津は潜戸を開いた。

とたんに、数人の黒装束が潜り込んできた。

志津は、最初に入ってきた敵に、突き飛ばされて、土間に転がった。

男は狐の面をつけていた。

黒装束は、面の男を除いて五人いた。

狐面の男が、手下たちになにやら命令を下した。

それを合図に、それぞれ予《あらかじ》め決められていたのか、さぁっと散り始める。なかなか統制が取れている。

だが、狐面の男はすぐ驚くことになった。

「遅かったなぁ」

千太郎が、のそりと姿を見せたのだ。

「なに？」

面の下からくぐもった声が聞こえた。

八

千太郎が、大声で笑いながら、狐面のそばに寄っていく。

「…………」

狐面は、下がろうとするが、後ろは大戸が閉まっているから行き場がない。唸りながら、土間の横に流れていく。

「稲荷で狐の面とは考えたな」

「…………」

「驚いて、声も出ぬか」

確かに、狐面は一言も声がない。

「こん、とでも鳴いたらどうだ？」

千太郎の揶揄が響いたらしい。

「うるさい……」

「面をつけているせいで、声が違うのぉ」

「なんだって？」

「おぬし、自分を買ってくれといい、やがて、勝ってくれという。なかなかしゃれっ気のある男だと思っていたが、結局はただの盗賊であったか」

「おぬしは何者」

「私か？　まぁ、書画、骨董、刀剣などの目利き屋だと思っていただこうか」

「刀剣の目利きだと？」

「もちろんそれだけではないぞ。悪党の目利きもたまにな、わははは」

大口を開いて笑う千太郎に、狐面は、鼻白んでいるらしい。

「どうだ、その面を取ってみたら。もっと違う町を見ることができるに違いないぞ」

「大きなお世話だというておる」

そうこうしているうちに、あちこちから、怒声やら唸り声が聞こえてきた。

市之丞たちが、盗賊たちと戦い始めたのだ。

狐面の男は、刀を抜いて、

「こうなったら仕方がない」

そういって、抜いた刀をだらりと下げる。

「ほう、なるほど、その構えはどこぞで見たことがあるのだが、どうなのだ？」

「そんなことはどうでもよい」

奥山や、芝稲荷で見た構えと寸分の違いもない。

「深山又五郎、顔を見せろ」

「見たくば、勝ってからにしたらどうかな」

「私に勝ってください、か……」

「まぁ、そんなところだな」

そういうと、面を外した。

「やはり……狐になったのは、芝の稲荷に雇われたからか」

「あそこではいい商売をさせてもらった」

「狐の恩返しとでも教えて、店の内実でも聞いていたか」

「まぁ、そのようなものだ」

又五郎は、にやりと笑いながら、

「江戸の人は騙しやすいものだな。稲荷の力などと話すと、すぐ、人にはいえないようなことも簡単に話してしまう。上方《かみがた》ではこうはいかぬぞ」

「なるほど……しかし、こうやって騙されて押し入ったではないか」

「あの徳なんとかという男にいっぱい食わされたのか……もっとも、筋書きを書いたのはおぬしらしいが」

「根岸に押し込んだのも、おぬしたちか？」

そうだ、と又五郎は答えた。

「米問屋、丸屋もそうだな」

また、そうだ、と答える。

そこまで聞いたら、もうよい、と千太郎は鯉口に手をかけた。

「こい……」

千太郎は、上段に構えた。

「ほう……」

又五郎はだらりと、右手で下げた格好は変わりない。

だが、浅草奥山や、神社の境内で戯れ言に戦うときとは、その迫力には違いがあった。さすがに、その剣からは、必殺の鋭さを感じ、千太郎は、油断ができぬ。

陰のほうからは、どたんばたんという音が聞こえてくる。

市之丞たちの戦いの音だろう。

千太郎と又五郎は、そんな雑音には耳も貸さない。

「いくぞ……」

だらりと下げたままの又五郎は、自分から動く剣ではなさそうだった。

それを見切った千太郎は、普段と異なる上段に構えているのだ。

そのままの形を崩さずに、じりじりと前進した。

又五郎は、動かない。

闇雲に反応しないのは、それだけ自分の腕に自信があるからにほかならない。

病み上がりの千太郎は、このままでは疲労が溜まるだけだと判断した。ふたたび、誘いをかけることにした。

「きえ！」

わざと大きな声を出した。そんなことで、又五郎が気を緩めるとは思わないが、そのままでは、又五郎の間合いに引きずり込まれそうだったからである。

その意味でも、又五郎の腕は千太郎と均衡しているといっていいだろう。

わざと何度も、大きな奇声を発しながら、千太郎は前進して、いきなり走りだした。

又五郎は咄嗟に左に寄った。

それを待っていた。

千太郎はよけいな動きを見せずに、そのまま、右上から、左下に向けて袈裟に斬り下ろした。

又五郎のだらりとした剣が、ぐっと動き、それを跳ね返して、突きを入れてきた。

千太郎は、それを寸の間で躱して、

「これだ！」

同じように、突きを返す。

それだけの動きを一瞬の間に終わらせている。呼吸も乱れてはいない。

やがて、周りに市之丞たちが集まってきた。雑魚《ざこ》どもを退治したのだろう。後ろから、由布姫の吐く息を感じた千太郎は勇気を得た。

ふたたび上段に構えたまま、前進すると、

「きえ！」

一間ほど跳ねたと思えた。

「しゃ！」

自分から見て、左上に剣先があると思っていた又五郎は、それに目線を合わせていた。

しかし、予測が外れて、驚きの声を上げた。

「なに！」

千太郎は、右上から袈裟に斬ると見せかけて、剣先を目にも止まらぬ素早さで翻し、下段から刷り上げたのである。

その必殺の一閃に、又五郎は見切りを誤った。上から来ると思った切っ先が下から上がってきて、その対処に一寸の間で遅れたのだ。

真剣の戦いにおいては、一寸の差が命取になる。いまの戦いはまさにそれであった。

「ぐ……」

又五郎が膝をがくりとついた。

右足の脛を切られていたのである。

自分で止血をしながら、こちらを見ている又五郎に、千太郎は問う。

「それだけの腕を持ちながら、盗人に身をやつすとはなにがあった……」

「ふん、そんなことはどうでもいい。おぬしは本当に何者だ。ただの道場剣法とは思えぬ。剣の動きに気品を感じた。それで、寸の間を見誤ったのだ。腕はほとんど互角と見ていたのだが……」

「私が勝てたのは、それこそ、お狐さまのご恩返しかもしれぬなぁ。自分の顔を悪事に使われて、怒ったのであろうよ」

千太郎は、にやりと笑った。

市之丞が寄ってきて、跪《ひざまず》いている又五郎を見て、千太郎にどうするかと目で問う。

「弥市親分……縄をうっていいぞ」

る。

「しかし……」

「身分など、気にするな」

弥市は、その言葉にへぇと応えて、捕縄を取り出し、又五郎に縄をうった。ほかの者たちは、それぞれ自分が着ていた帯で、縛られてころがされていたのである。

それから数日の後――。

例によって、片岡屋の離れで、市之丞たちが千太郎を囲んでいた。

風邪はすっかり治った千太郎だが、それなのに、だらしなく横になったまま話を聞いている。

事件の解説をしているのは、弥市親分だった。

「ようするに、この事件は、あの又五郎を頭目とする連中が上方から流れてきて、江戸で悪さをしていた、ということらしいです」

「又五郎というのは、どういう男だったのだ。あの剣は、すさまじかったぞ」

市之丞が、不思議そうに問う。

「へぇ、四国のほうのご家中だったらしいんですがね、なにやらのお家騒動に巻き込まれて、詰め腹を切らされたという話です。そのあたりは、あの男もまだお家に気持ちが残っているのか、はっきり話そうとはしなかったらしいです」

弥市は、真鍋柿之進から聞いてきたのだった。

「奥山で、自分を買ってくれ、という幟を立てる発想には驚いたがなぁ」

市之丞は、その才をほかのところに使えばよかったのではないか、惜しい惜しいと呟き続けている。

「徳之屋で最初に声をかけてきた巫女さんは、初めから、又五郎の仲間だったのですか？」

「いや、又五郎の腕に惚れたらしい」

「又五郎にしても、徳之助にしても、女で身を滅ぼすのぉ」

千太郎が、ようやく起き上がりながら、

「さて、そろそろ桜見物にでも行こうか」

「まさか、まだ芽吹いたばかりですよ」

「それがいいのだ。満開より、これから花開く……そこに、人も花も楽しみがあるのではないか。さぁ、雪さん！」

名前を呼ばれて、由布姫は微笑みながら、

「仕方ありません、お付き合いいたしましょう」

千太郎の後に続いた。

市之丞と志津は、お互い顔を見合わせながら、

「どうしましょうかねぇ、市之丞さま……」

「ここで、拒否をしたら、後でなにをいわれるかわかったものではありませんから、一緒に行きましょう」

弥市は、くだらねぇ、という顔をする。

「あっしは、ご用がありますからこれで」

さっさと座敷から出ていった。

白けた顔をした千太郎だが、気を取り直して、

「さぁ、江戸の春の夜明けだ。そうだ、芝稲荷に行って、お狐さまにお礼参りもしなければなぁ」

由布姫は自分の身の上にも、春が芽吹き始めていると感じていた。

市之丞も、志津も同じであろう。

「では、千太郎さま……」

そそと、千太郎の後に続きながら、

「いい妻になりたいと思いますから、よろしく」

小さな声で呟くと、

「あん？　ははぁ、なるほどなぁ……娘は恋をすると美しくなるそうだが、雪さんは、初めから美しかったから、あまり当てはまらぬか」

片岡屋の離れには春の笑いが響き渡り、春の芽吹きを感じる由布姫の顔は桜色に染まっていた。

時代小説

二見時代小説文庫

妖《あや》かし始末《しまつ》 夜逃《よに》げ若殿《わかとの》 捕物噺《とりものばなし》4

著者 聖《ひじり》 龍人《りゅうと》

発行所 株式会社 二見書房
東京都千代田区三崎町二-一八-一一
電話 〇三-三五一五-二三一一［営業］
〇三-三五一五-二三一三［編集］
振替 〇〇一七〇-四-二六三九

印刷 株式会社 堀内印刷所
製本 ナショナル製本協同組合

落丁・乱丁本はお取り替えいたします。
定価は、カバーに表示してあります。

ISBN978-4-576-12009-6
http://www.futami.co.jp/

夜逃げ若殿 捕物噺 夢千両すご腕始末
聖龍人［著］

御三卿ゆかりの姫との祝言を前に、江戸下屋敷から逃げ出した稲月千太郎。黒縮緬の羽織に朱鞘の大小、骨董目利きの才と剣の腕で江戸の難事件解決に挑む！

夢の手ほどき 夜逃げ若殿 捕物噺2
聖龍人［著］

稲月三万五千石の千太郎君、故あって江戸下屋敷を出奔。骨董商・片倉屋に居候して山之宿の弥市親分とともに謎解きの才と秘剣で大活躍！大好評シリーズ第2弾

姫さま同心 夜逃げ若殿 捕物噺3
聖龍人［著］

若殿の許婚・由布姫は邸を抜け出て悪人退治。稲月三万五千石の千太郎君との祝言までの日々を楽しむべく由布姫は江戸の町に出たが事件に巻き込まれた。

はぐれ同心 闇裁き 龍之助江戸草紙
喜安幸夫［著］

時の老中のおとし胤が北町奉行所の同心になった。女壺振りと島帰りを手下に型破りな手法と豪剣で、悪を裁く！ワルも一目置く人情同心が巨悪に挑む新シリーズ

隠れ刃 はぐれ同心 闇裁き2
喜安幸夫［著］

町人には許されぬ仇討ちに人情同心の龍之助が助っ人。敵の武士は松平定信の家臣、尋常の勝負はできない。〝闇の仇討ち〟の秘策とは？大好評シリーズ第2弾

因果の棺桶 はぐれ同心 闇裁き3
喜安幸夫［著］

死期の近い老母が打った一世一代の大芝居が思わぬ魔手を引き寄せた。天下の松平を向こうにまわし龍之助の剣と知略が冴える！大好評シリーズ第3弾

老中の迷走 はぐれ同心 闇裁き4
喜安幸夫［著］

百姓代の命がけの直訴を闇に葬ろうとする松平定信の黒い罠！龍之助が策した手助けの成否は？これぞ町方の心意気、天下の老中を相手に弱きを助けて大活躍！

斬り込み はぐれ同心 闇裁き5
喜安幸夫［著］

時の老中の家臣が水茶屋の妓に入れ揚げ、散財しているという。極秘に妓を〝始末〟するべく、老中一派は龍之助に探索を依頼する。武士の情けから龍之助がとった手段とは？

槍突き無宿 はぐれ同心 闇裁き6
喜安幸夫［著］

江戸の町では、槍突きと辻斬り事件が頻発していた。奇妙なことに物盗りの仕業ではない。町衆の合力を得て、謎を追う同心・鬼頭龍之助が知った哀しい真実！

木《こ》の葉《は》侍 口入れ屋 人道楽《ひとどうらく》帖
花家圭太郎［著］

腕自慢だが一文なしの行き倒れ武士が、口入れ屋に拾われた。江戸で生きるにゃ金がいる。慣れぬ仕事に精を出すが……。名手が贈る感涙の新シリーズ！

影花侍 口入れ屋 人道楽帖2
花家圭太郎［著］

口入れ屋に拾われた羽州浪人永井新兵衛に、用心棒の仕事が舞い込んだ。町中が震える強盗事件の背後に潜む奸計とは!?人情話の名手が贈る剣と涙と友情

葉隠れ侍 口入れ屋 人道楽帖3
花家圭太郎［著］

寺の門前に捨てられた赤子、永井新兵衛。長じて藩剣術指南となるが、故あって脱藩し江戸へ。その心の温かさと剣の腕で人びとの悩みに応える。人気シリーズ第3弾

公家武者 松平信平《のぶひら》 狐のちょうちん
佐々木裕一［著］

後に一万石の大名になった実在の人物・鷹司松平信平。紀州藩主の姫と婚礼したが貧乏旗本ゆえ共に暮せない。町に出ては秘剣で悪党退治。異色旗本の痛快な青春

姫のため息 公家武者 松平信平2
佐々木裕一［著］

幕府転覆を狙った由井正雪の変の失敗後、いまだ不穏な空気の漂う江戸城下。徳川家の松姫はお忍びで出た城下で出会った信平のことを忘れられずにいたが…。

一万石の賭け 将棋士お香 事件帖1
沖田正午［著］

水戸成圀は黄門様の曾孫。御俠《おきゃん》で伝法なお香と出会い退屈な隠居生活が大転換！藩主同士の賭け将棋に巻き込まれて…。天才棋士お香は十八歳。水戸の隠居と大暴れ！

娘十八人衆 将棋士お香 事件帖2
沖田正午［著］

御俠なお香につけ文が。一方、指南先の息子の拐かしを知ったお香は弟子である黄門様の曾孫梅白に相談するが、今度はお香も拐かされ……シリーズ第2弾！

大江戸三男《さんおとこ》事件帖 与力と火消と相撲取りは江戸の華
幡大介［著］

欣吾と伝次郎と三太郎、身分は違うが餓鬼の頃から互いに助け合ってきた仲間。「は組」の娘、お栄とともに旧知の老与力を救うべくたちあがる…シリーズ第1弾！

仁王の涙 大江戸三男事件帖2
幡大介［著］

若き三義兄弟の末で巨漢だが気の弱い三太郎が、ひょんなことから相撲界に！戦国の世からライバルの相撲好きの大名家の争いに巻き込まれてしまった…

八丁堀の天女 大江戸三男事件帖3

幡 大介［著］

富商の倅が持参金つきで貧乏御家人の養子に入って間もなく謎の不審死。同時期、同様の養子が刺客に命を狙われて…。北町の名物老与力と麗しき養女に迫る危機！

兄ィは与力 大江戸三男事件帖4

幡 大介［著］

欣吾は北町奉行所の老与力・益岡喜六の入り婿となって見習い与力に。強風の夜、義兄弟のふたりを供に見廻り中、欣吾は凄腕の浪人にいきなり斬りつけられた！

人生の一椀 小料理のどか屋 人情帖1

倉阪鬼一郎［著］

もう武士に未練はない。一介の料理人として生きる。一椀、一膳が人のさだめを変えることもある。剣を包丁に持ち替えた市井の料理人の心意気、新シリーズ！

倖せの一膳 小料理のどか屋 人情帖2

倉阪鬼一郎［著］

元は武家だが、わけあって刀を捨て、包丁に持ち替えた時吉の「のどか屋」に持ちこまれた難題とは…。心をほっこり暖める時吉とおちよの小料理。感動の第2弾

結び豆腐 小料理のどか屋 人情帖3

倉阪鬼一郎［著］

天下一品の味を誇る長屋の豆腐屋の主が病で倒れた。このままでは店は潰れる。のどか屋の時吉と常連客は起死回生の策で立ち上がる。表題作の外に三編を収録

手毬寿司 小料理のどか屋 人情帖4

倉阪鬼一郎［著］

江戸の町に強風が吹き荒れるなか上がった火の手。店を失った時吉とおちよは無料炊き出し屋台を引いて復興への一歩を踏み出した。苦しいときこそ人の情が心にしみる！

剣客相談人 長屋の殿様 文史郎

森詠［著］

若月丹波守清胤、三十二歳。故あって文史郎と名を変え、八丁堀の長屋で貧乏生活。生来の気品と剣の腕で、よろず揉め事相談人に！心暖まる新シリーズ！

狐憑きの女 剣客相談人2

森詠［著］

一万八千石の殿が爺と出奔して長屋暮らし。人助けの万相談で日々の糧を得ていたが、最近は仕事がない。米びつが空になるころ、奇妙な相談が舞い込んだ…

赤い風花《かざはな》 剣客相談人3

森詠［著］

風花の舞う太鼓橋の上で旅姿の武家娘が斬られた。瀕死の娘を助けたことから「殿」こと大館文史郎は巨大な謎に立ち向かう！大人気シリーズ第3弾！

乱れ髪 残心剣 剣客相談人4

森詠［著］

「殿」は、大川端で心中に見せかけた侍と娘の斬殺死体を釣りあげてしまった。黒装束の一団に襲われ、御三家にまつわる奥深い事件に巻き込まれていくことに…！

間借り隠居 八丁堀 裏十手1

牧秀彦［著］

北町の虎と恐れられた同心が、還暦を機に十手を返上。その矢先に家督を譲った息子夫婦が夜逃げ。間借りしながら、老いても衰えぬ剣技と知恵で悪に挑む！

お助け人情剣 八丁堀 裏十手2

牧秀彦［著］

元廻同心、嵐田左門と岡っ引きの鉄平、御様御用山田家の夫婦剣客、算盤侍の同心・半井半平。五人の〝裏十手〟が結集して、法で裁けぬ悪を退治する！…